Nos importa un comino
el rey Pepino

Nos importa un comino el rey Pepino

Christine Nöstlinger

Traducción de
Olga Martín

Ilustraciones de
Francisco Villa

GRUPO
EDITORIAL
norma

www.librerianorma.com

Bogotá, Barcelona, Buenos Aires, Caracas,
Guatemala, Lima, México D. F., Panamá,
Quito, San José, San Juan, Santiago de Chile

Nöstlinger, Christine, 1936-
    Nos importa un comino el rey Pepino / Christine Nöstlinger ;
traductora Olga Martín ; ilustrador Francisco Villa. -- Bogotá :
Grupo Editorial Norma, 2010.
        184 p. : il. ; 20 cm. -- (Colección torre de papel. Torre azul)
        Título original. : Wir pfeifen auf den Gurkenkönig.
        ISBN 978-958-45-2904-6
        1. Cuentos infantiles austríacos 2. Relaciones familiares –
Cuentos infantiles I. Martín, Olga, tr. II. Villa, Francisco, il. III. Tít.
IV. Serie.
I833.91 N67m17 21
A1253515

        CEP-Banco de la República-Biblioteca Luis Ángel Arango

Primera edición, julio de 2010
Diciembre, 2016

Título original en alemán
Wir pfeifen auf den Gurkenkönig
de Christine Nöstlinger

© 1972 Christine Nöstlinger
© 1982, 2003 Beltz & Gelberg in der Verlagsgruppe Beltz
© 2010 Editorial Norma de la edición en español
para América Latina y el mercado de habla hispana
de Estados Unidos
Avenida El Dorado No. 90-10, Bogotá, Colombia

Impreso por Editorial Buena Semilla
Impreso en Colombia

www.librerianorma.com

Ilustraciones: Francisco Villa
Diagramación y armada: Andrea Rincón
Elaboración de cubierta: María Clara Salazar

C.C. 26000998
ISBN: 978-958-45-2904-6

Contenido

Prólogo

El abuelo dijo que alguno de nosotros debía escribir la historia. Y tenía razón.

Martina dijo que lo haría ella, pero lo único que ha hecho hasta ahora es comprar una pila de papel rosado y una cinta verde para la máquina de escribir.

Dice que no ha empezado porque la estructura de la historia es muy difícil, y es que, según su profesor de literatura, todo depende de la estructura de la historia.

¡Pero qué estructura ni qué ocho cuartos! Como justo ahora tengo el pie enyesado y de todos modos no podría ir a nadar, pues la escribiré yo.

Capítulo primero

o

Número 1 de la estructura
dada por el profesor de literatura

Describo quiénes somos. Lo que retumba de pronto en la cocina. El jefe de redacción no quiere saber nada del asunto. Las máquinas de fotografía tampoco, aun cuando hay cinco.

Todo había empezado mucho antes, pero solo nos dimos cuenta el último domingo de Pascua durante el desayuno. Primero oímos un estrépito. Yo pensé que algo se había caído en la cocina. Mamá fue a ver qué era. Y cuando regresó, estaba temblando, y nosotros...

Bueno, quizás debería explicar primero quiénes somos nosotros. Es decir, el abuelo y mamá y papá y Martina y Nico y yo.

El abuelo tiene casi setenta años y quedó con un pie tieso y la boca torcida después de la última apoplejía. Pero con la boca torcida y todo, aún puede decir un montón de cosas muy inteligentes. Mucho más que muchas personas que tienen la boca bien derecha. El abuelo es el padre de papá.

Papá tiene como cuarenta y es jefe de departamento en una aseguradora de automóviles. Pero es un departamento muy pequeño. Mamá dice que solo puede gritarles a tres personas como máximo. Y el abuelo dice que tal vez por eso grita tanto en casa.

Mamá también tiene unos cuarenta, pero dicen que parece mucho más joven. Tiene el pelo teñido de rubio y pesa solo cincuenta kilos. Normalmente anda de buen humor, pero a veces se pone furiosa y reniega que no es más que nuestra criada y que volverá a trabajar y que entonces cada uno tendrá que encargarse de sus propios desastres.

Martina está en cuarto de secundaria. Es alta y flaca y también tiene el pelo rubio, pero de verdad. Y ve un poco mal porque el flequillo le tapa los ojos todo el tiempo. Está enamorada de Álex Burgos, un compañero de curso. Y papá suele gritar porque Álex Burgos tiene el pelo largo. Mamá dice que no importa porque Martina es la mejor de su clase y uno no se casa con su primer amor. Comparada con sus compañeras de colegio, Martina no tiene un pelo de tonta.

Nicolás es nuestro hermano menor, y yo suelo decirle Nico. En el colegio acaban de enseñarle cuánto es dos más dos, pero él ya lo sabe desde hace tres años. Hace poco hubo todo un escándalo porque se puso de pie en plena lección de matemáticas y dijo "adiós" y se fue. Pero no a casa, sino adonde el viejo Horacio, nuestro carpintero, y se puso a barrer las virutas. Es que cuando sea grande, Nico quiere ser carpintero. La profesora llamó a mamá y le dijo que esta vez no sacaría sobresaliente en conducta.

Yo me llamo Tomás y tengo doce años. Estoy en primero de secundaria. Martina dice que tengo una pinta fatal. Pero a mí me da igual qué pinta tenga, pues de todos modos no puedo tener la que quisiera. Por eso no me pongo nunca el retenedor, aunque costó un dineral. Ya no me importa tener dientes de conejo. Hasta ahora, siempre había sido buen estudiante, pero este año tenemos de director de curso al viejo Tapias, que no puede verme ni en pintura. Nos da matemáticas y geografía, y se la pasa poniéndome un "Insuficiente" tras otro.

A mí lo que más me gusta es nadar. Estoy en el club de natación, y el entrenador dice que, si me esfuerzo, en dos años podré ser campeón juvenil de nado de espalda en las competencias regionales.

Hace tres años compramos la casa con jardín en la que vivimos. Mamá dice que papá será un viejo decrépito cuando termine de pagar la hipoteca. Por eso, tenemos

que ahorrar. Y el abuelo nos compra, con su pensión, los zapatos y los pantalones y los vestidos para Martina. Eso es muy bueno, pues al abuelo poco le importa que una camiseta tengas rayas rojas, azules y blancas o un estampado de Michael Jackson. Y tampoco nos compra los pantalones tres tallas más grandes para que nos sirvan muchos años después. El verano pasado le compró a Martina un bikini con encajes que al parecer era demasiado transparente. Eso hizo enfadar a papá.

—¡Bien puede entonces mi hija pasearse desnuda por el mundo! —gritó.

El abuelo se rio entre dientes y exclamó:

—¡Mi hijo ha tenido por fin una idea sensata!

Papá se puso furiosísimo, pero no replicó nada, porque no le gusta discutir con el abuelo delante de nosotros, los niños. Se fue a la cocina a buscar a mamá y a renegar, pero ella dijo que todas las chicas estaban usando esos bikinis.

Pero ya he contado suficiente acerca de nosotros. Creo que ya puedo volver al último domingo de Pascua.

Pues bien, estábamos desayunando cuando mamá salió de la cocina, temblando de pies a cabeza. Temblaba tanto que, del susto, Martina dejó caer un huevo de Pascua entre el café.

—¿Qué te pasa, nuerita? —preguntó el abuelo. (El abuelo siempre le dice "nuerita" a mamá).

Entonces oímos otro estrépito.

—¡Nicolás, ya no más! —gritó papá.

Siempre que se oye algún ruido o un golpeteo, papá grita: "¡Nicolás, ya no más!". La mayoría de las veces tiene razón, pero esta vez no era Nico, pues el ruido venía otra vez de la cocina. Nico se puso a lloriquear que él no había sido, Martina sacó el huevo del café y mamá dijo, todavía temblando:

—En la cocina, en la cocina...

Todos le preguntamos qué pasaba en la cocina. Pero mamá no pudo decirlo. Entonces el abuelo se puso de pie y fue a la cocina. Martina y Nico y yo lo seguimos. Pensé que a lo mejor había una tubería rota o un ratón detrás del horno o una araña muy grande, pues mamá les tiene miedo a esas cosas. Pero no había tubos rotos ni ratones ni arañas, y todos nos quedamos boquiabiertos. Hasta papá, que vino detrás de nosotros.

Sobre la mesa de la cocina había un ser como de medio metro de altura. Si no hubiera tenido ojos y nariz y boca y brazos y piernas, habría pensado que se trataba de un pepino grande y rechoncho o de una calabaza mediana y delgada. Llevaba una corona en la cabeza. Una corona de oro con rubíes en las puntas. Tenía las manos envueltas en guantes de hilo blanco y las uñas de los pies pintadas de rojo.

El ser pepinesco, calabazudo y con corona hizo una reverencia, cruzó las delgadas piernitas y anunció con voz profunda:

—¡Nos se llama rey Kumi-Ori el Segundo, de la estirpe de los escálidos!

No puedo describir con exactitud lo que pasó luego, pues no me fijé en lo que hacían los demás, así de desconcertado estaba por la calabaza pepinesca.

No pensé: ¡*Esto es absurdo!* Tampoco pensé: ¡*Qué bicho más raro!* No pensé nada. Nada de nada. En estos casos, mi amigo Jota Huertas suele decir que a uno "se le paraliza el cerebro".

De lo único que puedo acordarme es de que papá dijo "no" tres veces. La primera vez con voz fuerte, la segunda normal y la tercera muy pasito. Papá dice siempre que cuando él dice no, *significa* no. Pero esta vez no le sirvió de nada su "no". El pepino calabazudo se quedó sentado sobre la mesa.

Dobló las manitas sobre su panza pepinesca y repitió:

—¡Nos se llama rey Kumi-Ori, el Segundo, de la estirpe de los escálidos!

El primero en reaccionar fue el abuelo. Se acercó al rey Kumi-Ori, hizo una reverencia y dijo:

—Es un placer conocerlo. ¡Mi apellido es González y soy el abuelo de este hogar!

Kumi-Ori estiró el brazo derecho y lo sostuvo bajo las narices del abuelo. Este se quedó mirando el guante de hilo, sin entender lo que quería Kumi-Ori.

Mamá opinó que tal vez le dolía la mano y necesitaba una venda, pues mamá piensa siempre que alguien necesita una venda, una compresa o un cataplasma, pero Kumi-Ori no quería ninguna venda y tenía la mano bien sana. Después de sacudir los dedos enguantados bajo las narices del abuelo, anunció:

—¡Nos está acostumbrado a que todos los mundos le besan el mano!

El abuelo dijo que por nada del mundo pensaba besarle la mano a Kumi-Ori, pues era algo que haría, como sumo, con una mujer muy hermosa. Y Kumi-Ori no era ninguna mujer hermosa.

La piel verde pepino de Kumi-Ori se llenó de manchitas amarillo calabaza.

—¡A nos háblanle con majestad! —chilló encolerizado.

El abuelo miró al rey Pepino como mira a la gente que no le cae bien. Entonces el rey Pepino dejó de sacudir la mano. Se acomodó la corona y exclamó:

—Nos fue desterrado por súbditos revolotudos. ¡Nos pidiendo el asilo provisional! —Y añadió—: ¡Nos está tanto cansado por el mucha agitación!

Luego bostezó, y luego cerró los ojitos enrojecidos, y luego cabeceó igual que el abuelo cuando se queda dormido frente a la tele. Y murmuró:

—¡Nos quiere el arropado y el almohado!

Nico corrió a su habitación y regresó a toda carrera con el viejo cochecito de muñecas. Martina sacó del cochecito todas las chucherías que no tenían por qué estar allí: un pan con mantequilla reseco, tres bolsas de lona, un pepinillo podrido y una media de Nico. Y, gracias a Dios, mi carné de estudiante, que había buscado desesperadamente desde hacía tres semanas. Solo dejó las pepitas de ciruelas. Yo alcé al rey Kumi-Ori porque se había quedado dormido y podía caerse de la mesa. Se sentía raro al tocarlo, como una masa de levadura cruda dentro de una bolsa plástica. Se me pusieron los pelos de punta. Acosté al Kumi-Ori durmiente en el cochecito y mamá lo arropó con un paño de cocina. Luego guardó la corona de rubíes en el congelador. Y nadie se sorprendió. Así de desconcertados estábamos.

El único que no estaba sorprendido era Nico, pero es que él no se sorprende con nada. Es más, él asegura que debajo de su cama viven seis leones, un elefante y diez duendes. Y, claro, alguien que tiene duendes debajo de la cama, no se desconcierta con un rey Kumi-Ori.

Nico llevó el coche de muñecas al mirador, se sentó a su lado y le cantó al hombre pepino: "Duérmete pequeño, duérmete mi sol".

El rey Kumi-Ori, el Segundo, durmió todo el domingo de Pascua, roncando tranquilo y parejo. Papá llamó al periódico que lee siempre, pero allí no había ningún periodista, pues era festivo. Solo estaba el portero. Este se rio y le dijo a papá que debía guardarse ese cuento para el Día de los Inocentes.

—¡Pero qué desfachatez! ¡Ya me las pagará! —gritó papá.

Colgó el auricular encolerizado y dijo que llamaría a la casa del jefe de redacción, pues era mejor hablar directamente con los superiores y no con los inferiores.

Yo tuve que llevarle el periódico y Martina tuvo que buscar si Sanhueza se escribía con zeta. Así es el apellido del jefe de redacción.

Papá buscó entonces en la guía telefónica, pero allí había diez José María Sanhueza. Debajo de uno, decía "sastre"; debajo de otro, "exportador"; debajo de otro, "peluquero", y debajo de otro, "médico". Otros dos vivían en un suburbio, y papá dijo que esos no podían ser porque allí solo vivían los proletos. Entonces llamó a los otros cuatro números. En los dos primeros, no contestó nadie. Luego contestó una señora que dijo que José María Sanhueza era su hijo y que había salido a pescar, y que ella no tendría nada en contra de que fuera jefe de redacción, pero que era pianista y trabajaba en el bar *Le Chat Noir*. El último Sanhueza era el que buscábamos, y estaba en casa. Papá le contó toda la historia de Kumi-Ori y le dijo que enviara a un reportero y a un fotógrafo de inmediato si quería tener una primicia, pero el jefe de redacción le creyó tan poco como el portero. Papá se puso pálido de la ira y colgó.

—¿Y qué te dijo? —preguntó el abuelo, con una sonrisa irónica.

Papá dijo que no podía repetirlo frente a nosotros, los niños, porque era de una vulgaridad espantosa. Pero nosotros lo habíamos oído de todos modos, pues el jefe de redacción había hablado a gritos.

El abuelo se hizo el indignado y dijo que le costaba creer que un caballero tan sumamente fino, de un periódico tan sumamente fino, pudiera decir algo tan sumamente vulgar, pero no estaba indignado en realidad. Solo quería fastidiar a papá, pues los dos viven discutiendo por el periódico. Papá lee uno que no le gusta al abuelo, y el abuelo lee uno que papá detesta.

Mamá quería llamar al periódico del abuelo, pero papá no estuvo de acuerdo. Y el abuelo tampoco, pues dijo que los de su periódico tenían cosas más importantes que hacer que escribir sobre pepinos desterrados.

Con tanta agitación, a mamá se le olvidó el asado de cerdo. Olvidó encender el horno, y a la hora de almorzar, el pernil seguía crudo y frío. Entonces comimos sándwiches de embutido y la ensalada de papa del día anterior.

Papá tiene varias máquinas de fotografía. Son su pasatiempo. Con la cámara digital en mano, se fue sigilosamente al mirador y fotografió al rey Kumi-Ori. Quería enviarle una foto al jefe de redacción. Sin embargo, en la foto no salía ningún Kumi-Ori. Solo el cochecito de muñecas vacío y una pata de la mesa del mirador. Papá volvió a intentarlo otra vez, y una vez más, pero en la foto salía siempre el coche vacío.

Entonces buscó la *Leica* y la *Rolleiflex* y le tomó un millón de fotos al Kumi-Ori durmiente. Con y sin *flash*. A color y en blanco y negro. Con película de 9 mm y de 23 mm.

Después las reveló en el cuarto de ropas e hizo copias de contacto y ampliaciones, pero por más que las ampliara, en las fotos no salía ningún Kumi-Ori. Para el anochecer, papá tenía un canasto de la ropa lleno de fotos de cochecitos vacíos y patas de mesas.

El abuelo dijo que Kumi-Ori era infotografiable. Y mamá sentenció:

—De nada sirve que llamemos al periódico o a la televisión. Si uno no puede ofrecer una foto de una primicia, pues entonces no tiene ningún interés para el público.

Capítulo segundo

o

Número 2 de la estructura
dada por el profesor de literatura

Se ve para qué sirven las coronas reales, se ve que los sótanos no sirven solo para almacenar papas y se ve que nuestra familia no logra ponerse de acuerdo una vez más.

A la hora de cenar, Kumi-Ori seguía durmiendo. Después vimos una serie de policías en la tele. Nuestro huésped durmiente en el cochecito había desconcertado tanto a papá que se le olvidó prohibirnos el programa.

Cuando el inspector acababa de levantar la tapa de una alcantarilla para perseguir a los maleantes, el cochecito empezó a mecerse en el mirador: el rey Pepino se había despertado. Nico lo llevó al salón. El abuelo apagó la tele.

—¿Dónde está nuestro corona? ¡Nos necesita suyo corona! —gritó Kumi-Ori y se cogió la cabeza con las manos, horrorizado.

Al principio, ninguno recordaba dónde había ido a parar la corona, hasta que Nico se acordó de que, por la confusión, mamá la había metido en el congelador, y fue a buscarla. Pero Kumi-Ori lanzó un chillido estridente cuando Martina se la puso, porque estaba helada. Papá la calentó con su encendedor, pero entonces se puso demasiado caliente.

El rey Pepino no hizo más que refunfuñar que necesitaba la corona de inmediato porque se sentía desnudo y no podía pensar ni vivir sin ella. Finalmente, la corona estuvo lo suficientemente tibia para la majestuosa cocorota calabazuda. Kumi-Ori se la acomodó y se trepó en el sillón en el que papá veía televisión. Cruzó las piernitas, dobló los bracitos sobre la panza y le preguntó a papá:

—¿Él están mucho sorprendidos? ¿Él quieren que nos le cuenta quiénes es y qué quiere aquís?

Papá asintió con la cabeza.

—¿Por qué habla de "nos" todo el tiempo? ¡Si es uno solo! —preguntó Martina.

Papá dijo que era el *pluralis majestatis*, pero Martina no entendió.

—Lo que pasa es que un rey es más que la gente común y corriente. Por eso dice "nos" en vez de "yo". Y a él hay que decirle "vos" en vez de "tú". Y él se dirige a la gente normal como "él" y no de "tú" —le explicó mamá.

Pero Martina seguía sin entenderlo. Y yo también.

—¡El tipo habla así porque es idiota! —susurró el abuelo.

Eso sí lo entendió Martina. Y yo también.

Kumi-Ori se aclaró la garganta y empezó a contar, pero tardó un buen rato, por esa forma de hablar tan rara. Era difícil entenderle. Además todos teníamos un montón de preguntas, por supuesto, pero hacia la medianoche todo estaba bastante claro.

En resumen: el rey Kumi-Ori, el Segundo, venía de nuestro sótano, del sótano más bajo. En la casa tenemos dos sótanos. En el primero, almacenamos las papas y las peras de invierno y los frascos de mermelada y también el viejo triciclo de Nico. Los estantes con las herramientas del abuelo también están allí, y la puerta que lleva al segundo sótano, claro. Detrás de la puerta, hay una escalera muy empinada. Y papá nos ha prohibido usarla. En realidad no es peligrosa, solo un poco húmeda y resbalosa, pero al visitar la casa, antes de comprarla, papá se resbaló por esa escalera y se dislocó el tobillo. Y como él se dislocó el tobillo, nosotros tenemos terminantemente prohibido bajar al segundo sótano. De no ser por eso, quizás habríamos descubierto mucho antes que los kumi-oris vivían allí.

De modo que el rey Kumi-Ori vivía con sus soterranos y sus soterrunos y sus súbditos, que no querían seguir siendo sus súbditos. Y aunque él y los soterranos y los soterrunos siempre habían tratado muy bien a los súbditos, estos eran unos malagradecidos y habían armado un levantamiento. Los soterranos y los soterrunos habían huido, y el miedo los había llevado a escapar tan rápido que se habían olvidado de Kumi-Ori, el Segundo. Y la culpa de toda la rebelión la había tenido un soterrano muy malo que siempre había sido como raro. Él había incitado a los súbditos. Kumi-Ori, abandonado por todos, había venido a buscar asilo en nuestra cocina.

Luego, Kumi-Ori añadió que seguramente vendrían a buscarlo esa semana, porque los súbditos no podían arreglárselas sin él.

—¿Por qué los súbditos no pueden arreglárselas sin Su Majestad? —preguntó el abuelo.

—¡Porque nada sabe y es estúpida y necesita álguienes que le dice que hay que hacerse! —explicó el rey Pepino.

—Ya veo —dijo el abuelo—. ¡Con que son estúpidos los súbditos! ¿Y por qué son estúpidos los súbditos?

El rey Pepino encogió sus hombros pepinescos.

—¡Pues voy a explicaros, altísima y serenísima Majestad, por qué son estúpidos vuestros súbditos! —gritó el abuelo, inclinándose hacia adelante en el sillón.

—¡Ay, padre, por favor! —gritó papá—. ¡Eso no tiene ningún interés ahora! ¡No vuelvas a empezar con tu estribillo permanente!

Mamá dijo que el abuelo no debía alterarse por la política, pues eso era malo para su corazón, y Kumi-Ori contó que en todas las casas viejas con sótanos viejos vivían seres pepinescos y calabazudos y que todos tenían un rey Pepino. En los palacios

grandes y antiguos había incluso empera-
dores Pepino. Últimamente, sin embargo,
los súbditos habían empezado a sublevarse
y dar golpes de Estado.

El abuelo dijo que eso no se llamaba
golpe de Estado sino revolución.

—¡No! —dijo Kumi-Ori—. ¡No! ¡Es un
golpe! ¡Golpe! ¡Golpe!

—¡Una revolución! —gritó el abuelo.

—¡Golpe! ¡Golpe! ¡Golpe! —chilló Kumi-
Ori.

—¡Maldición! —exclamó papá—. ¡Es la
misma cosa!

Entonces intervino Martina:

—Si alguien viene con soldados, cierra
el Parlamento y arresta a las personas que
no están de acuerdo con él, y los periódicos
no pueden escribir lo que quieren, es un
golpe de Estado, pero cuando los súbditos
echan al rey y abren el Parlamento y llaman
a elecciones y publican periódicos en los
que cualquiera puede escribir lo que quiera,
¡entonces es una revolución!

Papá le preguntó a Martina de dónde
había sacado semejante tontería. Ella dijo
que no era ninguna tontería, y que si lo
hubiera sabido en el último examen de
historia, no habría sacado "bueno" sino
"sobresaliente". Papá dijo que ya le diría

su opinión al nuevo profesor de historia cuando tuviera oportunidad, y Kumi-Ori le dio toda la razón.

Finalmente, hacia la medianoche, Kumi-Ori dijo que otra vez estaba muy cansado, pero que de ningún modo podía dormir solo en una habitación porque los súbditos podían perseguirlo y encontrarlo. Tampoco podía dormir en el coche de muñecas, porque crujía y chirriaba, y eso podía despertarlo y asustarlo.

—¡Nos duerme en suyo cama con álguienes de usted! —dijo.

—¡Conmigo no! —grité, pues me acordé de la sensación que daba al tocarlo y no pensaba compartir mi cama con una masa de levadura cruda.

Papá dijo entonces que Kumi-Ori podía dormir con él. Eso ya era bastante extraño, pero más extraño aún fue la forma como lo dijo:

—Vuesa Majestad puede dormir tranquilamente en mis aposentos. ¡Yo mismo me encargaré de guardar el sueño de Vuesa Majestad!

No se rio ni un poquito al decirlo, y yo me di cuenta de que no se estaba burlando del hombre pepino.

Capítulo tercero
o
Número 3 de la estructura
dada por el profesor de literatura

Cuento lo que vi en la habitación de papá.
Papá quiere desayunar algo que no podría
comer ningún ser humano. Y cómo se rompe
de repente una tradición.

El lunes de Pascua me levanté temprano. Nico seguía durmiendo. Pegué la oreja a la puerta de mamá y a la de Martina, pero allí tampoco se sentía nada. En la habitación de papá, en cambio, se oían unos ronquidos sonoros y acompasados. Abrí la puerta con mucho cuidado. En la cama, mejilla con mejilla, dormían papá y el rey Pepino. La corona de rubíes estaba sobre la colcha, y tanto papá como Kumi-Ori tenían una mano encima de ella. Cerré la puerta suavemente y me fui a la cocina.

Allí estaba el abuelo. Estaba tomándose un vaso de leche y comiéndose las migajas del pastel de vainilla y chocolate que quedaban en el plato.

—Papá y el pepinucho... están acostados en la cama como... como... —empecé, pero no se ocurrió *cómo*.

—¿Como una pareja de enamorados quizás? —preguntó el abuelo.

Asentí con la cabeza, y el abuelo suspiró.

Entonces, me serví también un vaso de leche y el abuelo compartió conmigo las migajas. Las de chocolate para él, las de vainilla para mí. Ambos clavamos la mirada en el plato mientras picoteábamos.

—Bueno, bueno —murmuraba el abuelo de tanto en tanto, pero eso no quiere decir que algo le parezca bueno, sino todo lo contrario.

—¿Te cae bien? —le pregunté.

—¿Quién? —me preguntó el abuelo, pero él sabía perfectamente a quién me refería.

—Pues el serenísimo caradepepino —respondí.

El abuelo dijo que no.

Mamá entró en la cocina en ese momento. Tenía la cabeza llena de rulos y una cicatriz roja y gruesa en una mejilla, pero no era una cicatriz de verdad sino la marca de un rulo. Probablemente había dormido toda la noche sobre él. Mamá se rascó la cicatriz con una mano y con la otra echó café en el filtro.

El hecho de que no hayamos saludado a mamá y que ella no nos haya saludado no era nada raro. A mamá solo puede hablársele después de que haya sorbido su café. Antes de eso, ella tampoco dice ni media palabra.

Mamá terminó de hacer el café y bebió el primer sorbo. Entonces dijo: "Felices Pascuas" y volvió a rascarse la nariz.

—¡Anoche soñé algo increíblemente estúpido! —murmuró.

—Si soñaste con un pepinucho con corona —dije—, ¡no fue un sueño!

—¡Lástima! —exclamó. Y removió el café, aunque nunca le echa leche ni azúcar y no había nada qué remover. Así permanecimos un buen rato. Mamá removía su café y el abuelo y yo picoteábamos las migajas.

Después llegó Nico. Y como mamá suele ver y pensar tan lentamente en la mañana, tardó en darse cuenta de que Nico había sacado un helado de fresa del congelador. Y al verlo comiéndose el helado, mamá se enfureció y lo regañó, y él lloró y chilló que estábamos en Pascua y que entonces para qué servía la Pascua si ni siquiera podía comerse un helado.

En ese momento, apareció Martina y se quejó de que tanta gritería le había arruinado el sueño. Luego le quitó a Nico el tarro y echó el helado en una jarra de cerveza y le roció un poco de soda y dijo que ahora era una "soda helada" y un muy buen desayuno para niños, y que tuviera la amabilidad de dejar de gritar.

Pero mamá echó la "soda helada" en el fregadero y gritó que estábamos muy equivocados si creíamos que podíamos hacer lo que quisiéramos. Luego se tranquilizó y le hizo un chocolate a Nico, Martina se preparó un té depurativo y yo miré por la ventana.

El cielo estaba azul, con una sola nube blanca. En la calle, frente a la puerta del jardín, estaba el señor Amaya, silbando. El señor Amaya se para delante de nuestra casa todos los días a las ocho y le silba a su perro. El perro regresa a las ocho y cuarto, y el señor Amaya deja de silbar.

Cuando el perro regresó, pensé: *Ya son las ocho y cuarto y el cielo está azul, ya es ahora de que nos vistamos, pues a las nueve empieza, todos los años, nuestra excursión del lunes de Pascua.* Es la tradición, según dice papá. Todo tenemos que ir siempre, hasta cuando estamos resfriados. Y la verdad es que ya nos hemos desacostumbrado a no querer ir porque no nos sirve de nada. Papá se pone como loco cuando alguno no quiere ir, pues dice que estamos atentando contra la tradición.

Mamá y Martina tienen que ponerse su vestido tradicional, y Nico y yo los también tradicionales pantalones de cuero.

Justo cuando estaba pensando esto, papá entró en la cocina. Dijo "buenos días" y abrió el anaquel que está debajo del fregadero, donde guardamos las papas y las cebollas. Sacó la canasta de las papas y se puso a rebuscar entre el montón.

—¿Qué buscas? —preguntó mamá.

—¡Una papa nacida! —respondió papá.

—¡¿Una qué?! —preguntó mamá, con cara de espanto.

Papá dijo que buscaba una papa con brotes, es decir, una papa nacida.

Mamá dijo que solo teníamos papas frescas y de primera, pero papá siguió buscando.

Mamá quería saber para qué necesitaba una papa nacida. Papá contestó que la necesitaba para desayunar.

—¿Quieres desayunar una papa con brotes? —gritó Nico, emocionado.

—Por supuesto que no es para mí —dijo papá—, ¡sino para el rey Kumi-Ori!

Nico corrió al aparador de la cocina, se echó boca abajo en el suelo y sacó seis papas con unos brotes larguísimos.

—¡Están allí desde Navidad! ¿Sirven? —exclamó.

Papá dijo que servían perfectamente, pero que era una verdadera porquería que las papas estuvieran debajo de un mueble desde Navidad, pues eso demostraba el poco aseo que se hacía en nuestra casa. Luego añadió que debíamos apresurarnos y que no fuéramos a olvidarnos de los impermeables, y que mamá debía empacar la vieja manta, y que el abuelo debía llenar la neverita portátil, y que Martina debía meter el juego de bádminton en el maletero, y que yo debía limpiar el vidrio trasero del auto, y que Nico debía lustrar los picaportes, y que mamá no podía, por el amor de Dios, olvidarse del cuchillo afilado y las servilletas de papel.

—¿Y qué hará el rey Pepino mientras no estamos? —preguntó Nico.

Papá explicó que el pepinucho vendría con nosotros y que iría en mis piernas. A lo que yo respondí con un sonoro "no", y luego otro.

—¡Entonces irá encima de Nico! —ordenó papá.

Nico no opuso resistencia, pero mamá exclamó que ella llevaba a Nico y que no estaba de acuerdo con tener que llevar también al pepinucho, pues ella no era el burro de carga de la familia.

Papá miró a Martina con ojos interrogativos. Ella negó con la cabeza. Y el abuelo aprovechó para negar con la cabeza de inmediato. Entonces papá gritó que alguno de nosotros debía llevar a Kumi-Ori. Y no podía ser él porque él tenía que conducir.

—A mí me resulta antipático —murmuró el abuelo.

—¡Se siente como masa cruda al tocarlo! —exclamé yo.

—¡Yo llevo a Nico en mis piernas! ¡Con eso me basta! —dijo mamá.

—Y a mí me pone los pelos de punta —gritó Martina.

Papá gritó entonces que éramos unos desvergonzados y unos desagradecidos. Y mientras corría de la cocina al baño y del baño a la cocina, se duchó, se afeitó y se vistió. Cuando estuvo listo, se plantó ante el resto de la familia con gesto amenazante y preguntó:

—Bueno, ¿quién llevará al Rey en sus piernas?

El abuelo, mamá, Martina y yo negamos con la cabeza. Era la primerísima vez que no obedecíamos una orden de papá. Nosotros mismos estábamos sorprendidos, pero papá era el más sorprendido de todos, por eso volvió a preguntar dos veces más, pero no le sirvió de nada.

Entonces, corrió a su habitación, pálido de la ira. Recogió a Kumi-Ori, lo llevó al garaje y lo sentó en el asiento trasero del vehículo.

—Vámonos, Nico. ¡Iremos solos! —le dijo a Nico.

A los demás no nos dirigió siquiera la mirada.

Salió del garaje con tanta furia que pisó el rosal con la rueda izquierda delantera y tumbó al enano del jardín. Luego atravesó el portal y giró hacia la calle como si estuviera compitiendo por el *Grand Prix* de Mónaco.

Las papas con los brotes quedaron abandonadas sobre la mesa de la cocina. Y mamá las echó a la basura, refunfuñando que no éramos solidarios con ella y que sus propios hijos eran unos traidores y sacaban las papas de debajo del aparador. Después dijo que iba a disfrutar su día y volvió a acostarse.

El abuelo llamó a su amigo, el viejo Benítez, y quedaron de ir a tomar un aperitivo y a jugar bolos.

Capítulo cuarto

o

Número 4 de la estructura
dada por el profesor de literatura

Un lunes de Pascua sin tradición. Los frentes se endurecen. Después de una discusión a gritos, se llega a un trato en voz baja.

Yo me fui a la piscina. Mamá me dio dinero para que fuera a la cafetería y me comprara unas salchichas con mostaza para el almuerzo.

No obstante, no fui a la cafetería. Eric Huertas, quien también estaba en la piscina, me invitó a almorzar en su casa. Estaba solo porque sus papás y su hermanita habían salido a la excursión del lunes de Pascua, pero Eric no tenía que ir con ellos.

La tradición no es tan importante para su papá como para el nuestro.

En realidad, en la casa de Eric las cosas son muy distintas a la nuestra. Él no tiene que preguntar todo el tiempo si puede ir a nadar, si puede ir al cine o si puede visitar a un amigo. Eric dice que puede hacer casi todo lo que quiere. Pero eso también tiene sus desventajas, al menos en su familia. Empezando por su mamá, que también hace lo que quiere. Y a veces no quiere cocinar y a veces no quiere planchar. Y dice que Eric no va a torcerse el brazo si tiene que plancharse una camisa de vez en cuando.

Yo no puedo juzgar si uno puede torcerse un brazo al planchar una camisa. Nunca he planchado ninguna. Ni siquiera he tocado una plancha.

En todo caso, la casa de Eric es muy divertida. Su habitación es un paraíso del desorden. El suelo está cubierto de libros y naipes y calzoncillos revueltos con sus cosas del colegio. Y en una de las paredes, Eric pintó un fresco con sus crayolas. Y en la puerta, hay un letrero que dice en letras grandes: "¡Prohibida la entrada a los adultos!".

Almorzamos huevos fritos con jamón. Después fuimos al cine a ver *El viaje de Chihiro*. Y luego fuimos al Gogo, a tomar Coca-Cola y a jugar maquinitas.

Martina también estaba en el Gogo, con Álex Burgos. Y también había un montón de gente de la escuela. Allí va siempre mucha gente de la escuela. Los que no van son los adultos, porque hay mucho ruido. Pero era la primera vez que Martina y yo íbamos, pues papá nunca nos da permiso. Dice que los bares no son para niños, pero al menos Martina ya no es una niña, y el Gogo no es un bar de verdad, todo el mundo toma Coca-Cola. Pero papá también está en contra de la Coca-Cola. Dice que devora el estómago. Yo no sé qué quiere decir con eso. En todo caso, él quiere que bebamos solo el jugo de ciruela hecho en casa. Pero nuestro jugo de ciruela es espantoso y además da dolor de barriga.

Martina y yo regresamos a casa solo cuando oscureció. Martina me contó que Anita Jiménez le tenía celos porque andaba con Álex Burgos. Y yo le conté que había batido mi récord en nado de espaldas por una décima de segundo. También le dije que no podía perderse *El viaje de Chihiro*.

Nos entendimos tan bien, que le prometí que le prestaría el dinero para el cine.

Cuando llegamos a casa, el auto de papá ya estaba en el garaje. Mamá estaba en la cocina. Estaba ablandando unos filetes con el martillo, con tanta fuerza, que la mesa de la cocina se tambaleaba.

—¡Está furiosa con nosotros porque llegamos tan tarde! —le susurré a Martina. Pero me equivocaba, pues nos habló muy amablemente. Debía de estar furiosa con otra persona.

Nico estaba en el mirador y el abuelo no había vuelto todavía. Papá estaba en su habitación y el rey Kumi-Ori estaba echado en el sofá de la sala, viendo los títeres en la tele.

—¡Mozuelo, él nos pintan los uñas! —me dijo cuando pasé por su lado, señalando sus pies. El esmalte rojo de la uña de uno de los dedos gordos se había desprendido.

—¡Nos no es suyo lacayos! —respondí y seguí de largo. Fui al mirador y le pregunté a Nico cómo les había ido en la excursión. Nico estaba de mal humor. Me contó que Kumi-Ori se había mareado porque no soportaba viajar en auto. Luego, en el campo, el sol le había dado dolor de cabeza. Y después, cuando habían querido almorzar en un restaurante, el dueño no había dejado entrar al pepinucho y entonces habían tenido que regresar a casa.

—Oye, Nico, ¿sabes qué pretende papá con el pepinucho? —le pregunté.

—¡Pues protegerlo y ayudarle a volver a ser rey! —respondió Nico.

—¡Absurdo! —grité—. ¡Nuestro señor padre no puede pensar que va a hacer algo parecido!

—¡Claro que sí! ¡Papá puede hacer cualquier cosa! —gritó Nico, indignado.

—¡Pues yo no metería ni el meñique al horno! —le respondí.

Nico me miró desconcertado porque no entendía a qué me refería. Y no podía, pues era la nueva expresión para "meter la mano al fuego". Eric Huertas se la había inventado hacía una semana.

En ese momento, mamá nos llamó a la mesa. Papá salió de su habitación, se sirvió un filete y tres papas en el plato y se lo llevó de vuelta a la habitación. Siempre hace eso cuando está enfadado. Kumi-Ori se bajó del sofá y siguió a papá. Entonces, papá volvió a salir del cuarto y entró en la cocina.

—¡Las papas nacidas las tiré a la basura!
—gritó mamá.

Papá se quedó un rato en la cocina. Después, atravesó la sala furiosísimo y con las papas viejas en la mano.

Del espanto, Martina dejó caer el tenedor y gimió:

—¡Realmente rebuscó con las manos entre el basurero!

—¡Y con lo que detesta la basura! —dijo Nico. Luego añadió—: ¡Debe de querer mucho al rey Pepino!

—Por mí, en cambio —gruñó mamá—, ¡no ha metido nunca las manos en el basurero!

Esa noche, cuando ya nos habíamos acostado, papá y mamá discutieron. A gritos. Y como en mi cuarto se oía todo, Martina y Nico vinieron sigilosamente para poder oír.

Mamá dijo que el rey Kumi-Ori tenía que largarse. No le importaba cómo, pero no podía tolerar su presencia en la casa. Papá dijo que se quedaría con el rey Kumi-Ori pasara lo que pasara. Y exigía que mamá fuera amable con él y que nos obligara a nosotros a serlo.

Mamá gritó que papá nunca nos había permitido tener un perro o un gato, ni siquiera un hámster o un pececito, a pesar de que los niños necesitan a los animales. ¡Y ahora él pretendía quedarse con una calabaza pepinesca!

Papá gritó que no era ninguna calabaza pepinesca, ¡sino un pobre rey en desgracia!

Mamá gritó que los pobres reyes desgraciados podían irse a freír espárragos.

Papá gritó que él apoyaba a los pobres reyes desgraciados porque era una persona compasiva y de buen corazón.

Mamá gritó que no era ninguna persona compasiva y de buen corazón y que eso

solo la hacía reírse. Luego se rio sonora y largamente, pero no sonaba divertido.

Papá acalló la risa de mamá, rugiendo que ella no podía comprenderlo, que no entendía nada de nada, y mucho menos a él. Y que por eso no tenía idea de la suprema importancia de tener a un rey Kumi-Ori en casa.

Entonces llegó el abuelo y los tranquilizó. Papá y mamá hicieron un trato, pero no pudimos oírlo bien porque ya no gritaban. Solo entendimos la mitad. Y al menos esto quedó claro: Kumi-Ori se quedaría en la habitación de papá y no saldría de allí. Papá se encargaría de cuidarlo y de conseguir las papas nacidas. Mamá y nosotros no tendríamos ni que ver a Kumi-Ori. Lo único en lo que no pudieron ponerse de acuerdo era si mamá debía limpiar la habitación de papá.

—Si el pepinucho tuviera un mínimo de delicadeza, ya se habría largado. ¡Tendría que darse cuenta de que no ha causado más que problemas! —me dijo Martina antes de irse a su habitación.

Nico no podía entenderlo.

—¡Ustedes son unos tontos! —exclamó—. ¡Si el Rey es un juguete genial!

Capítulo quinto

o

Número 5 de la estructura
dada por el profesor de literatura

Escribo acerca de la desgracia de las firmas paternas, de cómo no podía dormirme y de cómo logré quedarme dormido finalmente y de cómo me vino una sospecha sobre la que, por desgracia, no pude reflexionar con calma.

Al día siguiente, no tuve tiempo de preocuparme por el pepinucho. Era el último día de las vacaciones de Semana Santa.

Tenía demasiadas tareas pendientes. Y un problema.

El problema era el siguiente: hacía tres semanas nos habían entregado el último examen de matemáticas. Y aunque apenas me había equivocado un poquito en cada ejercicio, el viejo Tapias me había puesto "insuficiente". Y en la parte de abajo, había escrito: "Firma del padre".

A todos los demás les bastaba con la firma de la madre, pero como yo le caía mal, me castigaba constantemente pidiéndome la firma paterna.

Sin embargo, no podía mostrarle a papá el insuficiente en matemáticas. Después de la última mala nota, me había dado un regaño terrible y me había dicho que si sacaba otro insuficiente no podría volver a nadar. Y que además me quedaría sin mesada.

Por eso, no mostré la mala nota en casa y no llevé ninguna firma paterna a la clase siguiente. En castigo, Tapias me exigió cuatro planas de operaciones en cadena... más la firma del padre. En la clase siguiente, le entregué el cuaderno y las cuatro planas de operaciones, sin ninguna firma paterna. Entonces, Tapias aumentó el castigo a ocho planas.

Más otra firma del padre.

La cosa se fue poniendo cada vez peor. ¡Y ahora tenía veinticuatro planas de operaciones y seis firmas paternas pendientes para el día siguiente! Pero conseguir seis

La Firma

FIRMA DEL PADRE

firmas de papá era seis veces más difícil que una, y desde la pelea por Kumi-Ori sí que no podía ir a buscarlo.

Tampoco quise contarles nada a mamá y al abuelo. Probablemente, habrían ido corriendo a contárselo a papá.

Eric Huertas me aconsejó que falsificara la firma. Eso es pan comido, me dijo. Él lo hacía todo el tiempo. Pero a él le quedaba fácil, pues siempre había sido mal estudiante y había falsificado las firmas toda la vida. Los profesores no conocían la verdadera firma del señor Huertas.

Ensayé a hacer la firma de papá en una libreta, pero papá tiene una firma ancha y gorda, ¡imposible de imitar!

Estaba realmente desesperado. Me quedé mirando la pared tan fijamente que habría podido abrir un hueco. Tenía ganas de llorar, y no podía dejar de pensar en el día en que había vuelto a casa con Mauro Zuleta hacía dos semanas. Íbamos paseándonos lentamente, criticando al colegio y al profesor Tapias, cuando Mauro me preguntó:

—Oye, Tomi, ¿crees que Tapias te hará reprobar solo en matemáticas o también en geografía?

En toda mi vida nunca había sentido tanto miedo como en ese momento. No se me había pasado por la cabeza que pudiera perder el año. ¡Palabra de honor! Es algo que nunca se me habría ocurrido, jamás. Y eso que era bastante probable. Entonces calculé mentalmente el promedio de mis exámenes de matemáticas: insuficiente, insuficiente, aceptable, aceptable, insuficiente, insuficiente (¡al menos eso era capaz de calcular!). Estaba frito. Y la nota de geografía no sería muy distinta.

Mauro intentó consolarme.

—Seguro que Tapias hará otros dos exámenes. Y si sacas satisfactorio en los dos, ¡nada de nervios!

¡Pero Mauro no tenía ni idea! ¡¿Satisfactorio?! ¡¿Yo?! El mundo se acabaría antes de que Tapias me pusiera a mí un satisfactorio.

No volví a abrir la boca en todo el camino. Tampoco puse atención a las palabras consoladoras de Mauro. No podía pensar en nada distinto a *perder el año, perder el año, perder el año*. Y por eso no estudié nada durante las vacaciones de Semana Santa. En cuanto cogía la maleta del colegio y pretendía abrirla, no podía pensar en nada distinto a *perder el año, perder el año, perder el año*.

Realmente lo intenté, todos los días, pero todos los días pasaba lo mismo. No podía pensar en nada distinto a *perder el año, perder el año, perder el año*. Solo cuando volvía a lanzar la maleta al rincón, empezaba a sentirme mejor. Solo entonces podía pensar en otra cosa.

Pero ahora había llegado el último día de vacaciones y algo tenía que pasar. Entonces, me senté ante el escritorio, con la hoja llena de falsificaciones mal hechas.

Martina entró en mi habitación en ese momento. Quería que le prestara mi nuevo sacapuntas, para sacarles una punta bien afilada a todos sus lápices.

A ella le gustan esas cosas. Siempre tiene los útiles absurdamente ordenados: carga siempre dos cartuchos de repuesto para la estilográfica, todos sus cuadernos están forrados y nunca hay una sola migaja ni un chicle en su maleta. Su escuadra no tiene ni un solo rasguño y sus colores tienen siempre el mismo largo. Para mí es un misterio, pues ya me he gastado el lápiz rojo cuando apenas voy a estrenar el azul.

Martina vino entonces a pedirme prestado el sacapuntas y vio la hoja con las firmas paternas, aunque yo la había tapado con el brazo. Y como no tiene un pelo de tonta, enseguida supo lo que estaba pasando. Dijo que no tenía ningún sentido y que eso solo empeoraría las cosas.

—¿Acaso puedes verme yendo ahora mismo adonde papá a mostrarle cinco tareas de castigo y un insuficiente? —le pregunté.

No, Martina no podía verme en esas. Incluso ensayó a hacer la firma de papá un par de veces, pero sus falsificaciones no eran mejores que las mías. Después, dijo que ya se le ocurriría algo, pero que necesitaría un par de días. Por el momento, yo debía entretener a Tapias, diciéndole que papá no estaba en la ciudad y que no regresaría sino hasta el fin de semana siguiente. Y si quería, ella iría a hablar con Tapias y le confirmaría que papá estaba de viaje.

Aunque dudaba de que Tapias fuera a creerse esa historia, me sentí más tranquilo. Sobre todo porque Martina dijo que me ayudaría a estudiar para no perder el año.

—¡Ya solucionaremos el asunto con el viejo Tapias! —me aseguró.

La cena transcurrió en silencio. Papá se sentó a la mesa con nosotros, pero no habló. Y los demás tampoco hablamos. El único que abrió la boca fue Nico. Cuando terminamos, papá sacó de la cocina la última papa nacida y un ajo medio podrido y se fue a su habitación. Antes de irse, preguntó:

—¿Tienen las cosas de la escuela listas para mañana?

Nico le recitó un poema de Pascua, algo sobre conejos y viejos festejos. Martina me dio un codazo.

—¡Díselo ahora! —susurró.

Di un paso hacia papá. Él sostenía el ajo y la papa en una mano mientras le acariciaba la cabeza a Nico con la otra. Me miró fijamente. Entre su mirada y la de Tapias no había ninguna diferencia.

—¿Me necesitas? —preguntó.

Martina me hizo un guiño alentador, pero yo sacudí la cabeza y me fui a mi habitación.

—Cobarde —susurró Martina a mis espaldas.

Esa noche estuve despierto un buen rato, y eso que estaba agotado. Intenté acostarme sobre el lado izquierdo y luego sobre el derecho. Y también boca arriba y boca abajo. No lograba dormirme de ningún modo. Oí que el reloj del ayuntamiento daba las doce. Entonces, me propuse pensar en algo agradable, como, por ejemplo, en cuando sea campeón juvenil de nado de espalda. Me imaginé a todo el mundo aplaudiendo, incluido papá. Pero entonces el viejo Tapias salía del vestidor, con mi libreta de notas y mis planas de operaciones en la mano, agitándolas con fuerza y abriéndose paso entre la multitud que aplaudía para pedirle las firmas a papá. Entonces, papá dejaba de aplaudir.

Luego pensé en que a lo mejor iríamos a Italia en el verano. Y me vi echado al sol, comiendo helado. Pero el viejo Tapias volvió a aparecer repentinamente. Estaba allí en la playa, a mi lado, y gritaba: "¡González! ¡No puede broncearse! ¡Los perdedores de año han de permanecer pálidos!".

Luego me acordé de lo bien que lo había pasado en el Gogo el día anterior, pero el pepinucho apareció de repente encima de una de las maquinitas, susurrando: "¡Nos le cuenta todo al padres, pues no le gusta los suyos intrigaciones!".

Podía imaginarme las situaciones más maravillosas, pero siempre terminaba pasando algo espantoso. Entonces, empecé a asustarme. Empecé a pensar que algo crujía y chasqueaba y chirriaba en mi habitación, pero no me atrevía a encender la lámpara de la mesita de noche. Mis dedos de los pies se asomaban por fuera de la cobija.

Me habría gustado esconderlos. No quería tener ninguna parte del cuerpo al descubierto, pero no era capaz de mover ni un solo dedo.

Estuve así una eternidad, oyendo cómo crujía y chasqueaba. De vez en cuando, pasaba un auto por la calle y un delgado rayo de luz se paseaba por el techo. Iba de una pared a la otra. Eso también me asustaba.

Papá dice que un chico de mi edad no debe tener miedo, pero el abuelo opina que solo un tonto redomado no siente miedo. Mamá les tiene miedo a las arañas, los gusanos blancos, las cuentas sin pagar y los cables de la electricidad. Cuando Nico tiene que ir al baño por la noche, no es capaz de tirar de la cadena porque le da miedo el ruido que hace. A Martina le da miedo caminar de noche por una avenida oscura y sin ningún adulto alrededor. Y el abuelo tiene miedo de sufrir otra apoplejía y no poder volver a caminar o hablar o morirse.

Y papá también se asusta. Nunca lo reconoce, pero yo me he dado cuenta. Al manejar, por ejemplo, cuando quiere adelantar un auto pero viene otro de frente y no puede volver a su carril. Y el año pasado, cuando creyó que tenía cáncer de estómago. Estaba tan alegre después de recoger los resultados que se notaba lo asustado que había estado antes.

Me dije todo esto a mí mismo mientras oía los crujidos. Aun así, estaba contento de que no hubiera nadie que notara mi miedo. Pero si alguien hubiera estado conmigo, tal vez no me habría asustado. Y entonces deseé que hubiera alguien allí.

Cuando era pequeño y algo me asustaba en la noche, corría a la habitación de mamá y seguía durmiendo en su cama. Recuerdo lo agradable que era. Mamá era muy suave y cálida.

Mientras pensaba en eso y en cómo eran las cosas antes, me quedé dormido. Soñé algo, pero no recuerdo qué. Solo sé que fue un sueño muy agradable.

A la mañana siguiente, cuando Martina tocó a mi puerta y gritó "¡a levantarse!", no quería salir de la cama de lo feliz que me había sentido en el sueño.

Pero Martina siguió golpeando a la puerta (como todos los días) y tuve que levantarme. Y al salir de la cama, volví a acordarme de las firmas paternas y las planas de operaciones y el viejo Tapias. Entonces, sentí rabia de ser tan absurdamente saludable y deseé tener las amígdalas de Nico, que viven inflamándose. En ese caso, mamá seguro me habría creído un falso dolor de garganta.

Me arrastré pesadamente al baño y acosé a Martina para que se alejara del espejo. Si no, se habría quedado allí, sacándose las espinillas de la nariz. Y entonces habría vuelto a quejarse de que tenía la nariz roja y gorda.

Martina cerró la puerta del baño detrás de mí.

—Tomi, zopenco, ¿estás mal de la cabeza? —preguntó.

Le pregunté por qué creía que estaba mal de la cabeza. Entonces, ella sacó un papelito arrugado del bolsillo de su piyama.

Era una de las hojas de la libreta en las que había ensayado a falsificar la firma de papá. La había encontrado en el suelo de la sala hacía diez minutos.

Yo sabía que había arrugado bien todas las hojas con las firmas y las había tirado a la papelera. Estaba segurísimo de que no se me había caído ninguna en la sala. Pero ya eran las siete y media y debía darme prisa. No tenía tiempo para discutir el asunto con Martina. Sin embargo, me vino una sospecha. Una sospecha terrible. No podía dejar de pensar en los crujidos y los chasquidos de la noche anterior y en que quizás no habían sido producto de mi imaginación.

No tenía ninguna prueba, pero murmuré:

—¡Maldito pepinucho, te retorceré el pescuezo blandengue cuando te atrape!

Capítulo sexto

o

Número 6 de la estructura
dada por el profesor de literatura

*Intento explicar lo que pasa conmigo y
el viejo Tapias y por qué no hay esperanza.
Como es una situación tan complicada y
enredada, necesitaré todo un capítulo.*

Martina y yo nos fuimos a la escuela.
Martina intentó convencerme de que el
viejo Tapias no era tan terrible y de que no
podía pasarme nada.

—¿Qué más podría hacer? —preguntó—. Pedirte una séptima firma. ¡Y da lo
mismo que le debas seis o siete firmas!

Martina es la mejor de su clase. Y los
mejores de la clase no tienen idea de la

desgracia de las malas notas y las firmas paternas. Por eso, no hice ningún esfuerzo por explicarle todo lo que podía hacerme el viejo Tapias.

Frente a la entrada de la escuela, consideré la posibilidad de escaparme. En los anuncios de la tele, cuando están buscando a un niño, suelen decir: "Le pedimos que vuelva a casa inmediatamente. ¡No le espera ningún castigo!".

Pero seguí pensando en dónde podría esconderme un par de días y, cuando me di cuenta, no solo estaba frente al salón, sino que ya había sonado el timbre.

Entonces, descubrí que podía haberme ahorrado la angustia, pues los milagros sí suceden. El viejo Tapias estaba enfermo y en su lugar había venido el profesor Flórez, que nos puso a traducir latín durante una hora. Yo estaba tan feliz, que alcé la mano siete veces, voluntariamente.

Luego, en el recreo, el muy imbécil del Beto Sanín dijo:

—Lástima que el viejo Tapias esté enfermo. ¡Estaba esperando ansiosamente las ciento veintiocho planas de operaciones que le habría puesto hoy a González!

Mi guerra con el viejo Tapias es toda una entretención para mis compañeros, excepto para mis amigos, claro. Sanín hizo incluso una apuesta con Serrano. Y seguro que yo también me reiría, si no fuera la víctima.

Supongo que es divertidísimo ver al viejo Tapias atravesar la puerta del salón y decir:

—¡Siéntense! —para luego mirarme y exclamar—: ¡González, Tomás!

Yo me pongo de pie y pregunto:

—¿Sí, señor?

El viejo Tapias está adelante, junto a la pizarra, y yo detrás, en la última fila. Nos miramos mutuamente. Después de tres minutos de miradas sostenidas (Sanín nos cronometró un día), Tapias exclama:

—¡Estoy esperando, González!

Yo vuelvo a decir "Sí, señor", recojo mi pila de operaciones y me acerco a la pizarra.

Él revisa mis cálculos y pregunta:

—¿Dónde están las firmas de su padre, González?

(El viejo Tapias nos trata de "usted").

Yo me quedo inmóvil y sin mirarlo, con los ojos clavados en el suelo de madera oscura. Justo debajo de mí hay una tabla floja. Si la piso con el pie derecho, cruje sonoramente.

El viejo Tapias pregunta:

—¿No tiene nada qué decirme, González?

Yo piso firmemente con el pie derecho y no levanto la vista del suelo.

Entonces, el viejo Tapias me grita:

—¡Estoy esperando una respuesta!

Pero no le respondo, porque en realidad no sé qué decirle. Solo hago crujir la tabla de madera.

Después de más o menos un minuto, el viejo Tapias ruge:

—¡El doble de planas de operaciones! ¡Y a su puesto!

Y vuelvo a la última fila, mientras el viejo Tapias se endereza la corbata, se acomoda las gafas plateadas sobre la nariz y les dice a los demás, con voz jadeante:

—Vamos a empezar con la lección.

La aritmética nunca ha sido mi fuerte, desde primaria. Y el año pasado tampoco, pero al menos entendía lo suficiente como para sacar "satisfactorio".

El año pasado teníamos al profesor Becerra, que volvía a explicarme todo lo que no había entendido, pero al viejo Tapias no puedo preguntarle nada cuando no entiendo algo. Con él no hay esperanza, porque no me tiene una rabia normal de profesor, sino una rabia personal que viene desde hace tres años. Pues aunque solo lleva un año en nuestro colegio, lo conozco desde que compramos la casa, porque vive en nuestra misma cuadra. Los niños de nuestra calle le dicen "La Eminencia Gris", porque es gris de pies a cabeza: el pelo, los ojos, la piel, el vestido y el sombrero.

Solo los dientes son amarillos. Yo no sabía que era profesor de matemáticas y mucho menos que sería mi director de curso. Todo el mundo pensaba que era un vendedor de cosas usadas.

Cuando el viejo Tapias (en esa época no sabía que se llamaba Tapias) se paseaba tan gris y tan tieso por nuestra calle, ninguno de nosotros podía resistirse. Le lanzábamos las frutas caídas de los árboles y las pepitas de las cerezas. También le gritábamos cosas.

Un día, jugando con la honda, le apunté al sombrero gris, pero no le di al sombrero sino en la oreja izquierda. También jugábamos a chocarnos con él cuando pasábamos a su lado. Fingíamos que estábamos peleando. Entonces, uno de nosotros empujaba al otro y ese otro chocaba contra La Eminencia Gris y le decía: "Uy, discúlpeme, por favor", y salíamos corriendo, ahogando la risa.

Este año, justo un día antes del comienzo de las clases, le tiré una bolsa plástica llena de agua por encima de la verja del jardín. La bolsa le cayó en un hombro y se reventó, y La Eminencia Gris quedó empapada por un costado.

Al día siguiente, el primer día de clases, cuando el rector entró en el salón seguido por el viejo Tapias, casi me muero del susto. Pero aún no había captado toda la espantosa verdad. Creía que a La Eminencia Gris se le había acabado la paciencia finalmente y venía a quejarse por la bolsa de agua. Estaba reflexionando acerca de si debía admitirlo o negarlo, cuando el rector anunció:

—¡Miz queridoz muchachoz! El profezor Bezerra no zerá máz zu profezor. Lez prezento al zeñor Tapiaz, que zerá zu director dezde hoy. ¡Ezpero que ze porten zúper bien! (El rector habla ziempre azí).

¡Creí que iba a darme un patatús!

El profesor Tapias dijo: "¡Siéntense!". El rector exclamó: "¡Hazta luego, miz muchachoz!", y se fue.

Entonces, el profesor Tapias llamó a lista. Cada uno debía ponerse de pie para que él pudiera conocernos. Cuando dijo "González", no tuve alternativa.

Me levanté lentamente.

El profesor Tapias se quedó mirándome y dijo:

—¡Ajá, conque usted es el joven González!

No dijo nada más, pero me bastó con su mirada.

En ese momento, sentí una ira profunda con el destino. No podía entender por qué siempre tienen que pasarme esas cosas.

A ver: Dorado y Melo están en el A, Bustamante y Díez en el B, y Andrade, Novoa y Solís en el C. Y todos fastidiaban a Tapias igual que yo. Es más, Andrade era peor. Él era el más malo. ¡Y Novoa y Solís fueron los que empezaron!

¡Pero a ellos no les pasa nada! ¡A ellos no les cambian el director de clase! ¡Justo a mí tenía que pasarme! ¡El rector tenía que plantarme al viejo Tapias justo a mí!

Martina (la única de la familia que está enterada del asunto) me dijo que no debía autocompadecerme porque yo tenía la culpa. Debía haberlo dejado en paz, pues él no me había hecho nada. Me dijo que el hecho de que fuera flaco y gris y tuviera los dientes amarillos no era ningún motivo para fastidiarlo. Y que los demás también lo hubieran molestado tampoco era una razón sino una excusa tonta.

¡Pero a ella le queda fácil decirlo! Y además podía habérmelo dicho hace tres años, cuando empezamos a fastidiar al viejo Tapias. Pero entonces solo se reía cuando se lo contaba. ¡A buena hora me viene con sus sermones morales! En todo caso, desde que La Eminencia Gris se convirtió en el viejo Tapias y en mi director de clase, no he vuelto a tirarle ninguna bolsa de agua ni pepitas de cereza.

Capítulo séptimo

o

Número 7 de la estructura
dada por el profesor de literatura

Descubro que el pepinucho no cumple
el trato. Mi hermana y su enamorado se
mojan, pero esa no fue la razón por la que
usé la manguera del jardín. Los mejores de la
clase también tienen dificultades en la vida.
Maldecir solo ayuda por un rato.

El maravilloso día sin el viejo Tapias llegó a su fin, tristemente. Y tenía ganas de esperar a Martina en la entrada del colegio, pero vi que Álex Burgos también estaba allí. Como estaba seguro de que esperaba a Martina, me fui solo a casa.

La puerta del jardín estaba cerrada; entonces, trepé por encima de la verja, pero como la puerta de la casa también estaba cerrada, me metí por la ventana de la cocina. En realidad tengo un llavero lleno de llaves: la del jardín, la de la casa, la del sótano, la del garaje y la del desván. Papá me lo regaló cuando cumplí los doce. Es un auto rojo de carreras que también sirve de linterna y de bocina, pero hacía días que no podía encontrarlo. Había desaparecido de un momento a otro, y no quería preguntarle a mamá si lo había visto al arreglar la casa, porque habría pensado que se me había perdido y que lo encontrarían los ladrones. Entonces no habría podido pegar el ojo en toda la noche y le habría pedido a papá que cambiara las cerraduras de la casa, pues ella les tiene miedo a los ladrones.

Por eso, entré en la casa por la ventana. En la mesa de la cocina había dos notas. Una era de mamá; decía que había ido a la peluquería a teñirse el pelo y hacerse la permanente y que nos calentáramos el arroz con pollo.

La otra era del abuelo y decía: "Fui a recoger a Nico al colegio. Después iremos al parque. Besos, el abuelo".

El abuelo va siempre a buscar a Nico al colegio. Si no, Nico no vendría a casa, pues él prefiere ir adonde el viejo Horacio, nuestro carpintero.

¡Estoy solo en la casa!, pensé, pero me acordé de que Kumi-Ori también estaba allí. Fui a la habitación de papá y miré por el hueco de la cerradura, pero no vi ni oí nada. Entonces abrí la puerta y eché un vistazo. Busqué por todas partes, hasta en el armario y debajo de la cama y en la papelera. El pepinucho no estaba en ninguna parte.

Así fue como descubrí que el pepinucho no cumplía el trato que papá había hecho con mamá y que salía de la habitación de papá cuando este no estaba en casa.

Registré toda la casa en busca del pepinucho. Incluso empecé a tener la esperanza de que los súbditos kumi-ori hubieran venido a buscar a su rey para ajusticiarlo. Volví a salir al jardín por la ventana de la cocina y eché un vistazo. El rey Kumi-Ori tampoco estaba en el jardín.

Martina estaba con Álex Burgos frente a la puerta del jardín. Parecía que estaban peleando, y eso me sorprendió mucho. Normalmente, andaban cogidos de la mano, cuchicheando, y Álex miraba a Martina con ojitos de cordero a través de sus gafas redondas, y Martina miraba a Álex con ojitos de cordero a través de su flequillo. Pero ese día no cuchicheaban, sino que hablaban bastante fuerte. Y no se miraban con ojos de cordero, sino de tigre.

—Si dejas que te traten como si fueras un bebé —le oí decir a Álex—, ¡entonces te mereces que te traten como a un bebé! —Y—: ¡No dejes que te prohíban hacer cosas tan inofensivas!

—A ti te queda fácil decirlo —replicó Martina— porque tu papá no está. ¡Yo tampoco tendría ningún problema si solo tuviera que lidiar con mi mamá! —Y—: ¡Pues entonces vete con Anita Jiménez! ¡Infeliz! ¡A ella seguro que la dejan!

Se dijeron muchas más cosas, por supuesto, pero eso fue lo único que pude entender. Y como me daba pereza tener que volver a trepar por la ventana para entrar en la casa, quería que Martina me prestara la llave. Sin embargo, al acercarme a la puerta del jardín, de pronto vi que algo brillaba debajo del arbusto de la verja.

Era un brillo rojizo: ¡los rubíes de la corona del pepinucho!

El pepinucho estaba acurrucado debajo del arbusto y espiaba a Álex y a Martina. Estaba tan absorto espiándolos, que no había advertido mi presencia. *¡Ya verás, pepinucho desgraciado!*, pensé. Primero sentí ganas de darle en la cabeza con una piedra, pero no sabía si su blandengue cocorota lo resistiría, y no quería tener un cadáver real bajo el arbusto.

A mi lado, sobre el césped, estaba la manguera del jardín. Entonces, la alcé, me acerqué sigilosamente a Kumi-Ori y abrí el chorro al máximo. Primero le quité la corona con el chorro de agua, luego lo empapé de pies a cabeza. O el chorro era demasiado fuerte o Kumi-Ori demasiado débil. En todo caso, el chorro lo oprimía contra la reja y le impedía escapar. Estaba atrapado y gritaba:

—¡Señores González, señores González, él me ayudan! ¡Suya mozuelo me amenazan!

No pude contener una risita. Y pensé: *¡Puedes lloriquear y llamar a tu señores González todo lo que quieras que él está en su despacho, dedicado a sus seguros!*

La puerta del jardín se abrió en ese momento, y Martina se me acercó, corriendo y renegando:

—¿Se te zafó un tornillo, pequeño maniático?

Estaba hecha una sopa. Tenía el pelo pegado al rostro y el vestido completamente empapado. Álex Burgos se asomó por la puerta del jardín. Estaba calado hasta los huesos. El agua chorreaba de sus mechones largos, y el suéter largo y gris se veía negro de lo mojado que estaba.

—¡El tarado de tu hermano y tú hacen una pareja perfecta, zopenca! —gritó y se fue.

—Perdóname —le dije a Martina, mientras seguía bañando al pepinucho con el chorro más potente—, si los mojé un poco… ¡pero debo darle una lección majestuosa al pepino real!

Martina vio al pepinucho atrapado contra la reja y me dijo que parara. Si no, lo mataría. Entonces, cerré el chorro, pero de mala gana. El pepinucho cayó pesadamente. Se sacudió como un perro recién bañado y salió disparado.

Martina corrió hacia el arbusto, alzó la corona y se la lanzó a Kumi-Ori.

—¡Allí tengan suyo estúpido corona, sin lo cual él no pueden vivir! —le grité.

Martina dijo "*bah*" y le sacó la lengua.

En medio de la retirada, Kumi-Ori agarró la corona, se la encasquetó y desapareció por la esquina de la casa.

—¡*Uf*! ¡Qué dulce es la venganza! —le dije a Martina, satisfecho.

Ella seguía agachada junto al arbusto.

—¡Mira, Tomi! —gritó.

Y miré. Debajo del arbusto, había otro brillo rojizo: el auto rojo de mi llavero, y a su lado todas mis llaves.

—¿Acaso se te cayeron por aquí? —preguntó Martina.

—Yo no ando arrastrándome debajo de los arbustos para espiar a la gente —dije, sacudiendo la cabeza—. ¡Y por eso no ando perdiendo las llaves debajo de los arbustos!

Nos miramos, y Martina murmuró:

—¡Preferiría que papá hubiera adoptado a un montón de serpientes venenosas en vez de al pepinucho!

Guardé mis llaves y le dije que tenía toda la razón.

Después de que Martina se cambiara de ropa, calentamos el arroz con pollo. Y habría estado rico si a Martina no le hubiera dado por condimentarlo al estilo indonesio. Dijo que lo convertiría en un *nasi-goreng*, y sacó toda clase de especias, en grano y en polvo, del especiero de mamá. Pero no le sentaron nada bien al arroz: quedó con un sabor rarísimo, un sabor indescriptible.

El asado de cerdo sabe rico y los buñuelos también. Las empanadas también. La sopa de lentejas sabe feo. Las espinacas y el hígado también saben feo. Pero el arroz con pollo no sabía ni rico ni feo. No sabía a nada comible, pero me lo comí, pues quería darle esa alegría a Martina.

Ella no comió nada. No porque supiera feo, sino porque estaba triste. Me contó que ya no estaba enamorada de Álex Burgos. Él había dicho que no le servía de nada tener una novia como ella, una novia que nunca tenía tiempo libre por las noches y que no podía salir los sábados. Él necesitaba una novia para ir a las fiestas y las verbenas. Además, quería ir a acampar con su amigo en el verano, y Martina tenía que decidir si quería ir con ellos. Si no, llevaría a Anita Jiménez.

Martina sollozaba al contármelo. Yo estaba muy sorprendido, pues siempre había pensado que le iba bien en la vida, porque era la mejor de su clase. Nunca se me ocurrió que también pudiera tener problemas.

Martina me prometió que me ayudaría con mis matemáticas y que pensaría en alguna solución para mis hostilidades con el viejo Tapias. A mí me habría encantado ingeniarme alguna solución para sus problemas y poder prometerle alguna cosa. Al menos me habría gustado consolarla, pero no sabía cómo se consuela a una persona, a excepción de Nico. A él solo hay que darle un caramelo o decirle: "Sana que sana, colita de rana".

Como no se me ocurrió nada para consolarla, empecé a maldecir.

—Miserable —dije—. Imbécil, idiota.

—¿Te refieres a mí? —sollozó Martina.

—Claro que no —la tranquilicé—. Me refiero al infeliz del Álex Burgos. ¡Y a todos los demás babosos que son tan estúpidamente imbéciles como él!

—Sí —dijo Martina—. ¡Y el pepinucho maldito! ¡El muy desgraciado!

—¡Caradepedo! —exclamé.

—¡Pepino cochino! —exclamó Martina.

Y entonces nos soltamos y gritamos todos los insultos que nos sabíamos. También nos inventamos unos nuevos. Puede que no fueran muy brillantes, pero eran bien vulgares. Y eso era lo importante.

Así nos desahogamos. Al final, estábamos otra vez al borde de la risa. Luego, urdimos toda clase de planes: devolveríamos al pepinucho al sótano o lo entregaríamos en la policía con una dedicatoria de papá que decía que era un objeto perdido. O lo meteríamos en uno de los frascos con formol del laboratorio de historia natural.

También decidimos que le haríamos la vida imposible a Álex Burgos, hasta llevarlo al suicidio, y que el viejo Tapias contraería una enfermedad mortal y tendría que jubilarse, y que le diríamos nuestra opinión a papá y él tendría que cambiar radicalmente. Pero sabíamos que nada de eso era posible.

Capítulo octavo

o

Número 8 de la estructura
dada por el profesor de literatura

El ambiente en casa es tan incómodo como una habitación helada. Debajo del reloj de péndulo desmontado, hay toda clase de cosas. Mamá pierde los estribos, pero después vuelve a encontrarlos.

En los días siguientes no sucedió nada especial, pero el clima en casa no era agradable. Más bien opresivo. Hasta Nico lo sentía, pues hablaba solo la mitad de lo acostumbrado. Mamá no estaba de buen humor, y eso se notaba hasta en la comida. Para acompañar el asado de cerdo hizo pasta, pero la salsa quedó grumosa. El abuelo se la pasaba leyendo el periódico o se iba a jugar bolos. Papá estaba siempre en la oficina o en su habitación.

A mamá le entró la manía limpiadora: desempolvaba, fregaba, aspiraba y lustraba como una loca. Y le salieron unas arrugas a ambos lados de la boca: empezaban en la nariz y terminaban en el mentón. Así de malhumorada andaba.

Todo eso era malo, pero lo peor era que me comportaba como un ladrón en mi propia casa. A Martina le pasaba lo mismo. Cada vez que abríamos alguna puerta, revisábamos si había moros en la costa. Si oíamos algún ruidito, nos sobresaltábamos. Pensábamos: ¡Por ahí anda el pepinucho!

Cuando nos sentábamos a estudiar matemáticas y hablábamos de alguna otra cosa, susurrábamos en voz muy baja para que no fuera a oírnos el pepinucho... o papá. Ya casi no hacíamos ninguna distinción entre los dos.

A mamá debía de pasarle algo parecido. Una vez me desperté por la noche y sentí hambre. Entonces, fui a la cocina a buscar algo de comer. No encendí la luz porque era suficiente con la de la nevera. Cuando acababa de sacar un pepinillo del frasco, la puerta de la cocina se abrió de pronto y mamá gritó con voz chillona:

—¡Ajá! Ya verás, pequeña fiera, ¡te atrapé!

Y encendió la luz. Estaba en piyama y blandía el sacudidor de alfombras en la mano derecha. Le temblaban todos los rulos que le cubrían la cabeza.

—¿Pero es que uno ya no puede comerse un pepinillo? —balbuceé, asustado.

Mamá dejó caer el sacudidor, se recostó en la pared y murmuró:

—Ay, eres tú. Pensaba...

—¿Qué pensabas? —le pregunté, mientras buscaba el pepinillo que se me había caído por el susto. Mamá no quiso decirme lo que había pensado. Finalmente, encontré mi pepinillo debajo de la mesa de la cocina.

—Pensabas que el rey Kumi-Ori andaba merodeando por la cocina —le dije.

Mamá dijo que no era cierto y que me fuera a la cama si no quería perderme el sueño reparador de antes de la medianoche, que era el mejor.

Martina también intentó hablar con mamá acerca de papá y el pepinucho, pero mamá era terca e insistía en que ella no tenía nada que ver con Kumi-Ori, que no le interesaba en absoluto y que eso era asunto de papá. Y que no admitía que se hablara mal de papá delante de ella, que eso no les estaba permitido a los niños. Y que, además, había papás mucho peores que el nuestro (un hecho que no negamos en ningún momento).

El abuelo estaba tan terco como mamá. Y decía que no pensaba romperse el coco pensando en pepinos exiliados.

—¡Pues me parece muy bajo de tu parte! —le dije—. Tú también estás en contra del pepinucho. ¡Deberías ordenarle a papá que lo eche! ¡Tú eres el papá de papá y el único que puede decirle algo!

El abuelo dijo entonces que a partir de cierta edad, ya no se les podía prescribir ni ordenar nada a los hijos.

—¡Además ya es demasiado tarde! Tendríamos que haberlo echado el primer día. ¡Ahora mi hijo está completamente hundido en ese pozo! —añadió.

Yo pregunté por qué era demasiado tarde y por qué su hijo estaba completamente hundido en cuál pozo.

El abuelo respondió que no podía decirme nada porque eran puras suposiciones y que lo dejara en paz para poder leer el editorial del día.

Además, pasaron otras cosas desagradables. El diario de Martina desapareció de repente, así como las tres cartas que Álex Burgos le había escrito para que se reconciliaran. También desaparecieron mis estampillas (en realidad eran de papá. Yo solo me las había embolsillado para mostrarlas en el colegio y dejar boquiabierto a Beto Sanín). Y mi cuarto aviso de la biblioteca también había desaparecido.

—¡Acuérdate del papelito con las firmas falsificadas! ¿Quién lo sacó de la papelera? —le dije a Martina.

—¡Y tu llavero! —exclamó ella.

—¡Andando! —grité.

—¡Andando! —gritó Martina.

Eso sucedió una tarde. El abuelo y mamá estaban en la sala. Mamá estaba tejiendo un suéter para Martina. Los dos pasamos frente a ellos, rumbo a la habitación de papá.

Mamá dejó a un lado el tejido y gritó:

—¡No pensarán entrar en la habitación de papá!

—¡Pues claro que sí! —replicó Martina furiosa, y abrió la puerta.

Kumi-Ori estaba sentado en el escritorio de papá, sacándole brillo a los rubíes de su corona con un calcetín. Era uno de los mejores calcetines de papá.

—¡Devuélveme mi diario, miserable! —bramó Martina.

—¡Y mi aviso de la biblioteca! —grité yo.

El pepinucho se sobresaltó, nervioso.

—¡Nos nada no tiene!

—¡Sí que tienes todo! ¡Devuélvenos nuestras cosas! —dije.

—¡Nos nada no devuelve! ¡Nunca nada devuelve!

Entonces, le arranqué la corona de las patas y la sostuve en alto.

—Muy bien, altísima pepinidad —dije con voz calmada—, o nos entregas nuestras cosas, ¡o tiraré tu corona por la ventana para que quede colgando de la cima del árbol más alto!

—¡Mozuelo, él me devuelven el mío corona enseguidamente!

Negué con la cabeza y le lancé una mirada torva. El rey Kumi-Ori bajó del escritorio al sillón y de allí al suelo, lloriqueando y temblando.

—¡Nos necesita los cosas! ¡Nos guarda los cosas y le muestra al señores González por prueba de suyo familia licenciosa! ¡Ellos no me quiere! ¡Nos hágale daño cuando el tiempo maduro!

—¡Ni en sueños! —exclamé. Y luego—: ¡No vas a hacernos daño! ¡Vas a devolvernos las cosas!

Kumi-Ori sollozó, pero yo ya había tenido menos compasión con seres más lastimeros e hice como si fuera a lanzar la corona por la ventana. Y entonces, nos dijo finalmente dónde estaban las cosas.

—¡Los suyos cosas estando abajo de cama nuestra!

Debajo de la cama de papá había una caja. Allí estaba el reloj de péndulo que papá había desmontado una vez y no había podido volver a ensamblar. Entre las rueditas y los tornillos, encontramos nuestras cosas. El diario, las cartas, el aviso de la biblioteca y las estampillas. Le tiré la corona a Kumi-Ori y salimos de la habitación, azotando la puerta detrás de nosotros.

—¡Pero bueno! —dijo el abuelo con una sonrisita—. ¡Los niños educados no azotan las puertas!

Mamá nos lanzó una mirada extraña. Luego se puso colorada y preguntó:

—¿No habrá también unos papelitos?

—¿Papelitos? —Yo no sabía a qué se refería.

—Pues sí... eso... como unos... recibitos.

Mamá estaba muy nerviosa. Martina hojeó entre su diario y encontró tres papelitos.

El primero era un recibo de la *boutique* Lady. Decía: "Un abrigo de mujer, modelo Río, 400 000". ¡Y mamá nos había dicho que el nuevo abrigo había sido una ganga baratísima!

El segundo era un aviso, pero no de la biblioteca, sino de Don Eléctrico. Decía que mamá se había atrasado con la onceava cuota de la máquina lavaplatos. Me quedé pasmado, pues mamá nos había dicho que

había sido un regalo de cumpleaños de Clara, la tía rica.

El tercero era un comprobante de inscripción al club de lectura ABC. Y entonces, recordé las palabras de mamá cuando nos contó cómo había echado a escobazos al vendedor del club de lectura porque no iba a dejarse entrampar en nada parecido.

Le entregamos los tres recibos a mamá. Ella dijo "gracias" y luego se dirigió al abuelo.

—¡Ahora sí me estoy cansando! —exclamó con voz chillona y temblorosa.

El abuelo le dio unos golpecitos en el hombro.

—No pierdas los estribos, nuerita, ¡por el amor de Dios! —murmuró.

Pero mamá perdió los estribos y se puso a llorar como una Magdalena. Kumi-Ori tenía la culpa de todo, dijo entre sollozos.

El abuelo dijo que no era cierto y que eso era lo que ella quería creer. Era cierto que Kumi-Ori era un gnomo espantoso, pero en una familia normal, es decir, en una familia como Dios manda, un Kumi-Ori no habría podido causar tantos estragos.

Mamá dijo que sí éramos una familia normal, una familia perfectamente normal.

—¡No, no y no! ¡No lo somos! ¡Somos una familia perfectamente espantosa! —gritó Martina de repente—. ¡Solo podemos ver en televisión lo que le gusta a papá! ¡Solo podemos comer lo que le gusta a papá! ¡Solo podemos ponernos la ropa que le gusta a papá! ¡Y solo podemos reírnos cuando le parece bien a papá!

Era un poco exagerado, pero aun así le di toda la razón. Y añadí:

—¡Martina ya es grande, pero no puede ir al Gogo ni a bailar! ¡Tampoco puede ir a acampar! ¡Ni a las verbenas! Ni siquiera puede pintarse los labios.

—Así es —asintió Martina. Y luego, señalándome con el dedo—: Y este pobre está al borde de un ataque de nervios y se despierta gritando porque necesita seis firmas de papá. ¡Y eso que puede multiplicar y dividir sin problemas! ¡Solo se equivoca del puro susto, porque papá lo amenazó con que no podría volver al club de natación!

Mamá se desplomó en el sofá y cayó encima de las agujas de tejer. Luego nos miró boquiabierta, mientras sacaba una de las agujas doblada de debajo de su trasero:

—¿Cuál acampada? ¿Cuál tejido? —balbució.

Martina se sopló el flequillo de la frente y dijo:

—La acampada ya no tiene importancia porque Álex es un tarado. Pero —me cogió del hombro y me empujó hacia mamá—, ¡pero Tomi sí es importante! El pobre necesita seis firmas de papá y no se atreve a pedírselas. ¡Y ha estado a punto de perder el año! ¡Y solo puede desahogarse conmigo, el pobrecito!

Martina me abrazó mientras decía esto último, y nos quedamos abrazados, como una pareja que se despide para siempre. Estaba conmovido de tener una hermana como ella, pero no estaba seguro de que su confesión de mis desgracias fuera muy inteligente.

Mamá también estaba conmovida.

—¡Habrase visto...! —murmuró mientras hurgaba con la aguja doblada entre su elaborado peinado rubio clarísimo.

Yo la observé con detenimiento. Como vi que no estaba enfadada, le conté toda la historia con el viejo Tapias.

Tardé un buen rato, porque mamá me interrumpía constantemente, diciendo cosas como:

—¿Que qué? ¿El viejo gris y con los dientes de conejo es tu nuevo profesor de matemáticas? ¡Ay, Dios! ¡Ay, Dios! ¡Ay, Dios! —de la pura agitación, se enredó las dos agujas entre el peinado.

Y también:

—¿Sesenta y cuatro planas de operaciones? ¿Con todas las multiplicaciones y las divisiones encadenadas hasta llegar al mismo número inicial? —luego se rascó la nariz y suspiró.

Y también:

—¿Cómo así que firmas del padre? ¡Pero si vivimos en un país donde hay igualdad de géneros! —luego dio un puñetazo en la mesa.

Y todo el tiempo preguntaba:

—¿Pero no vas a perder el año, o sí?

Martina le prometió que no perdería el año. Eso la tranquilizó. Y como las mujeres tienen los mismos derechos de los hombres, mamá quería encargarse de las seis firmas paternas. Y el abuelo también, pues al fin y al cabo él también se llama Rodolfo González, como papá.

—¡Y por debajo escribiré: Abuelo! —dijo riéndose—. Y si no le gusta, pues...

—Pues entonces iré al colegio —exclamó mamá—, ¡y le hablaré a Tapias de la igualdad de géneros!

Todos estábamos casi de buen ánimo otra vez, cuando llegó Nico. Venía de un cumpleaños. Entonces nos callamos, pues nunca se sabía lo que Nico podía contarle a papá o al rey Kumi-Ori.

Por último, el abuelo me dijo en voz baja:

—Cuando se mejore tu eminencia, el viejo Tapias, iré a hablar con él. O más bien... En fin, ¡algo haré! ¡En todo caso, ya arreglaremos el asunto!

Pero Nico lo oyó. Él siempre oye todo lo que no debe oír.

—¿Cuál asunto? ¿Qué arreglaremos? —preguntó—. ¡Yo también quiero saber! ¿De qué asunto están hablando?

—Estábamos hablando —le dije—, ¡de la mejor manera de coserle las orejas a los niños pequeños y taponárselas!

Entonces, Nico se echó a llorar. Y yo le regalé un chicle, pues me sentí mal. Nico es un niño adorable en realidad. El hecho de que no entendiera nada del asunto no era nada raro a su edad.

Capítulo noveno

o

Número 9 de la estructura
dada por el profesor de literatura

*Martina cree en Romeo y Julieta. La señora
Serrano llama. Recuerdos al atardecer.*

Desde que mamá y el abuelo quedaron
enterados de mis dificultades con Tapias,
me sentí aliviado. Y ya no sentía tanto
miedo, pues en realidad podía hacer las
operaciones sin problemas. Calculé el libro
de matemáticas de principio a fin, todos y
cada uno de los ejercicios. Y según Martina, estaba hecho todo un genio de los
fraccionarios.

Multiplicábamos y dividíamos sin parar.
Martina decía que eso también le venía

bien a ella. Dedicarse a cuestiones intelectuales le ayudaba a olvidarse de Álex Burgos, pues él era la gran desilusión de su vida.

—Hay que ser justos —me dijo un día—. En el asunto con Álex, papá no fue el único culpable. Si me hubiera querido de verdad, habría seguido queriéndome pese a todas las dificultades domésticas... ¡Piensa nada más en Romeo y Julieta! —gritó.

Yo no conozco bien la historia de Romeo y Julieta. Solo sé que los dos terminan suicidándose al final de la obra. Por eso, me alegré de que Martina ya no estuviera enamorada de Álex.

—Pero papá fue injusto de todos modos —continuó—, pues no quería a Álex por el pelo largo y las gafas redondas. ¡Y alguien que juzga a las personas por esas superficialidades es injusto!

El problema de Álex, me explicó Martina, era que no estaba preparado para una relación de pareja. Yo de eso no entiendo ni papa, pero la escuché con atención, pues me di cuenta de que a Martina le gustaba hablar del tema. Y me alegré de que los dos tuviéramos una relación de pareja tan buena y de que ella estudiara conmigo.

El viejo Tapias seguía enfermo. Tenía algún problema en el hígado que tardaba en curarse. Y de reemplazo nos pusieron a un profesor joven que era genial y además me consideraba buen estudiante. Cuando Beto Sanín le dijo que yo era el peor de la clase, revisó mi cuaderno de ejercicios y dijo que era un misterio. Entonces, mis compañeros se sorprendieron y dijeron que eso solo podía ser obra de un tutor excepcional. Y Serrano, que era el segundo peor después de mí, me pidió los datos de mi tutor excepcional. Y no podía creer que fuera mi hermana la que me había ayudado a estudiar.

—¡Nadie te va a creer que el bombón de tu hermana también sea buena para las matemáticas!

Yo me alegré de que mi hermana fuera un bombón.

Una noche, cuando papá acababa de salir de la cocina con una papa nacida en la mano, sonó el teléfono. Alzó el auricular.

—Familia González, 446-65-25.

Papá tiene la costumbre de dar toda esa información cuando contesta al teléfono. Lo raro es que no dé también la dirección.

Luego se quedó escuchando atentamente y con cara de desconcierto. Cada dos por tres, decía: "Sí, sí, señora Serrano" y "Es un placer, señora Serrano" y "Así es, señora Serrano" y "Por supuesto, señora Serrano" y "Pero, por favor, señora Serrano" y "Será un honor para ella, señora Serrano". Por último, dijo: "Encantado, señora Serrano; hasta luego, señora Serrano" y colgó.

La única señora Serrano que conocemos es la mamá de mi compañero de clase, y papá le tiene mucho respeto a la familia Serrano porque el señor Serrano es director de una aseguradora de automóviles, pero una distinta a la de papá.

Después de colgar el auricular, papá se quedó mirándonos. Luego se aclaró la garganta. Se notaba que le costaba hablar con nosotros. Se había desacostumbrado a hacerlo.

—¡Era la señora Serrano! —informó.

Vaya, pues ya me lo imaginaba. Después de que había dicho mil veces "señora Serrano", no hacía falta que nos lo dijera.

—¡Al parecer mi hija es una tutora estupenda! —continuó—. ¡Pero uno ya no se entera de nada en esta casa! ¡Y heme aquí contestando al teléfono como un tarado que no sabe nada! De por sí, no estoy de acuerdo con que una menor de edad gane dinero. Y Martina lo que debería hacer es estudiar aun más. Ella también podría mejorar. ¡Pero he hecho una excepción porque se trata de la familia Serrano!

Papá miró entonces a Martina y le dijo:

—¡Mañana llamas a la señora Serrano para acordar los detalles! ¡Y el dinero irá directo a una cuenta de ahorros!

Martina no entendía nada.

—¿Cuáles detalles? ¿Cuál dinero? —preguntó.

Papá, que ya se había encaminado a su habitación, se dio la vuelta.

—A partir de la próxima semana, le darás clases particulares de matemáticas a Tito Serrano. ¡Y el dinero que ganes lo guardarás en una cuenta de ahorros! —ya había llegado a su puerta, cuando añadió—: ¡Al menos una parte del dinero!

Después, desapareció en su habitación.

—Papá, papá —gritó Nico—, ¡se te olvidó la cena del rey!

La papa nacida estaba junto al teléfono. Nico la cogió y la llevó corriendo a la habitación de papá.

—¡Gracias, hijo querido! —oí decir a papá.

Martina estaba fuera de sí. Dijo que no le molestaba ser la tutora de Tito Serrano. Todo lo contrario. Que hacía tiempo que quería dar tutorías, pero que por lo general solo buscaban a los alumnos de los últimos grados. Y que tampoco le molestaba guardar parte de las ganancias en una cuenta de ahorros. Lo que sí le molestaba era que papá hubiera tomado la decisión sin consultarle nada. Que al menos tendría que haberle preguntado si quería hacerlo. Y que un padre decente le habría dicho a la señora Serrano, desde el comienzo de la conversación: "Estimada señora Serrano, eso es asunto de mi hija. Permítame un momento que voy a comunicarla con ella".

Mamá tranquilizó a Martina, explicándole que lo importante era que le gustaba la idea de darle clases particulares a Tito Serrano y que así ganaría algo de dinero.

Yo me fui al jardín. A veces me gusta pasearme por el jardín al atardecer. La ventana de la habitación de papá estaba abierta, pero no podía ver hacia adentro. La gruesa cortina estaba cerrada.

Oí las voces de Nico y de papá, y la risa de Nico. No me acerqué a la ventana, pues no soy ningún rey espión como Kumi-Ori. Me puse triste y pensé: *¡Pobre Nico! Ahora no tienes problemas y te entiendes muy bien con papá. ¡Pero eso se habrá acabado dentro de un par de años!*

Todavía puedo acordarme de cuando me entendía bien con papá. Era una época bonita. Papá es muy cariñoso con los niños pequeños. Le gusta jugar dominó y hacer construcciones con los bloques de Lego y contar cuentos. También nos divertíamos mucho cuando salíamos a caminar. Jugábamos al escondite y a la gallina ciega. Y yo pensaba que tenía un papá genial.

Ya no me acuerdo de cómo empezaron las dificultades con papá, pero de repente, ya no estaba de acuerdo con nada. Para entonces, o me bañaba muy poco o daba respuestas groseras o mis amigos eran unos maleducados o tenía el pelo demasiado largo o las uñas demasiado sucias. Le molestaba mi chicle. Mis suéteres eran demasiado coloridos. Mis notas le parecían demasiado malas. Pasaba muy poco tiempo en casa. Y cuando estaba en casa, veía demasiada televisión. Y cuando no estaba viéndola, interrumpía las conversaciones de los adultos. Y cuando no interrumpía las conversaciones, preguntaba cosas que no me incumbían. Y cuando no hacía nada, me criticaba que no hiciera nada y que me dedicara a holgazanear.

Martina dice que a ella le pasó lo mismo. Y dice que eso se debe a que papá no puede entender que los niños son seres humanos normales que desarrollan sus propias opiniones y quieren ser independientes. Que papá no puede soportarlo, pero que ella tampoco sabe por qué es así.

Capítulo décimo
o
Número 10 de la estructura
dada por el profesor de literatura

Voy al fondo del asunto. El fondo está
literalmente en el fondo (el fondo profundo).
Los viejos juguetes de playa de Nico se vuelven
indispensables.

Desde que recuperamos nuestras cosas, el rey Kumi-Ori nos dejó en paz. Creo que desde entonces permaneció realmente en la habitación de papá. Al menos no volvieron a oírse crujidos ni chasquidos. Tampoco volvió a desaparecérsenos nada.

La primavera había llegado definitivamente y ya hacía calor.

Un tarde, mientras el abuelo jugaba a los bolos, Nico vino a buscarme. Me pidió que le colgara el columpio en el árbol. Martina no estaba en casa. Estaba donde Tito Serrano, dándole la clase particular. Enseñarle a Tito, según me contó Martina, era una labor realmente ardua. Él no captaba las cosas con tanta facilidad como yo y, además, no ponía atención. Ella le hablaba y le hablaba y le explicaba que menos por menos da más, y él se quedaba mirándola y asintiendo, pero pensando en otra cosa. Cuando ella le preguntaba cuánto da menos por menos, él la miraba sorprendido y sin saber responder.

De modo que le colgué el columpio a Nico, y me quedé con él, empujándolo, porque él no podía impulsarse casi por su cuenta.

—¿Siguen enfadados con el querido rey? —me preguntó de repente.

—Nico, hazme el favor y no me hables del caradepepino, ¡sé un buen hermano!

Sin embargo, Nico no era un buen hermano, y se dedicó a hablarme de su pepinucho, de que le encantaría tener una capa roja porque había visto a un rey con una capa roja en uno de los libros de cuentos de Nico. Y entonces ahora quería una igualita, y que tal vez Martina podría cosérsela, pues Nico quería darle una alegría a su pepinucho, que era tan pobre y se la pasaba llorando.

—¿Sabes qué, Tomi? —continuó—. El pobre Rey está desesperado. Estaba convencido de que sus súbditos vendrían a buscarlo, pero nada que vienen. ¡Y el Rey lleva ya tanto tiempo con nosotros! Esos súbditos son unos malvados, ¿no?

En ese momento, solté el columpio y me fui. En realidad tenía ganas de ir a nadar, pero entonces se me ocurrió una idea: investigar si el rey pepino decía la verdad, si los súbditos kumi-oris realmente existían.

Me sorprendió que no se me hubiera ocurrido antes.

Entré en la casa y pasé sigilosamente frente a la puerta de la cocina. Allí estaba mamá. No quería que me viera bajando al sótano.

Entonces, abrí la puerta del sótano con mucho cuidado. Luego encendí la luz y cerré la puerta detrás de mí. Bajé los escalones. En el primer sótano, todo estaba igual: los estantes con las herramientas del abuelo, el triciclo de Nico y el montón de frascos de mermelada.

Luego me dirigí a la puerta del segundo sótano. En la parte inferior de la puerta, había una especie de cuadrado, cortado con sierra, de unos quince por quince centímetros. El abuelo me había dicho que seguro era para un gato.

Probablemente, el anterior dueño de la casa tenía un gato y había abierto ese hueco para que este pudiera entrar y salir libremente.

Pero ahora el hueco para el gato estaba taponado con unos extraños grumos y terrones. La última vez que había bajado al sótano, hacía un par de meses, el hueco estaba abierto todavía. Intenté abrir la puerta, pero no pude, y no quería sacudirla con fuerza porque mamá y Nico podrían oírme. En la caja de herramientas del abuelo encontré una lima larga y afilada, y la metí entre la puerta y el marco. (¡Mi profesor de física habría dicho que estaba ejerciendo el efecto de palanca!).

El efecto de palanca funcionó y la cerradura se rompió, pero la puerta seguía cerrada. La empujé y tiré de ella. Y logré abrirla un poco, pero apenas unos tres dedos como máximo. La puerta parecía estar pegada. Entre la puerta y el marco había unos hilos parduscos y pegajosos, pero no podía llevar mucho tiempo así, pues los hilos estaban muy húmedos. Además, podía verse claramente que la habían pegado desde el lado del segundo sótano.

Busqué las tijeras de jardinería enormes entre la caja del abuelo y corté todos los hilos pegajosos.

La puerta se abrió finalmente.

En el segundo sótano no hay electricidad. Por eso, encendí la linterna del auto de carreras de mi llavero y bajé. Las escaleras estaban húmedas y resbalosas, y las paredes también. Era una escalera muy larga. Conté los escalones: 37. Treinta y siete escalones muy altos. Luego me encontré en medio de una habitación bastante grande. Alumbré las paredes con la linterna. Era una imagen tenebrosa, pues las paredes no eran lisas y parejas, sino que estaban llenas de abolladuras y protuberancias y grietas. Y la luz de la linterna proyectaba unas sombras extrañas.

En el suelo, donde terminaban las paredes, descubrí un montón de huecos. Tenían unos quince centímetros de diámetro. Más o menos a la altura de las rodillas, había un agujero grande, de unos cincuenta centímetros de diámetro. Y por todo el borde, tenía unos adornos muy curiosos, hechos como con bolitas de tierra o barro. Y en medio, había también piedritas y conchitas de caracol.

Alumbré el agujero adornado. Por dentro, había un pasadizo largo que también estaba adornado con piedritas, conchitas y bolitas de tierra. Y al fondo, había otro hueco, pero no podía verlo bien porque la luz de mi linterna no llegaba tan lejos.

Me acosté sobre el suelo húmedo y alumbré algunos de los huecos más bajos y pequeños. Entonces, oí unos crujidos que venían de adentro y creí ver algo que se arrastraba rápidamente. Pero no estaba seguro del todo. También tuve la sensación de que algo crujía detrás de mí. Me paré en el centro del sótano y exclamé:

—¡Hola! ¿Hay alguien allí?

Más crujidos.

Volví a decir "hola, hola", y me sentí como un grandísimo tonto. El eco del sótano repitió "hola, hola", y me sorprendí al darme cuenta de que no tenía miedo.

Entonces, hubo más crujidos y chasquidos y también unos susurros que venían de detrás de los agujeros.

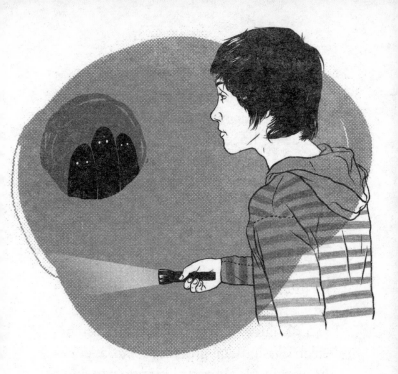

—¡Soy su amigo! ¡No voy a hacerles daño! —dije con voz suave y pausada, y me sentí más tonto aún. *¡Suena como si fuera un misionero en medio de la jungla!*, pensé. Y se me ocurrió que los súbditos kumi-oris tal vez no entendían el habla normal.

—¡Nos es suyo amigo, subditísimos kumi-oris! ¡Nos no quiere haciendo daño! —intenté.

Los susurros de detrás de los huecos aumentaron y se convirtieron en un solo murmullo.

—¡Él salgan afueras! ¡Nada no le pasan! —grité.

—¡Oiga, baboso! ¡Deje de hablar como un idiota! ¡Puede hablarnos normalmente! —rugió de repente una voz aguda desde uno de los huecos.

Nadie podría sentirse más tonto que como me sentí en ese momento.

—Discúlpenme, pero es que en casa tenemos a uno que habla así de raro y pensé... —dije tímidamente.

En el agujero grande hubo de pronto un intenso murmullo. Y cinco cabecitas se asomaron por el borde. Todos se parecían al rey Kumi-Ori, pero no eran color pepino-calabaza, sino café-grisáceo, como las papas. Al alumbrarlos con mi linterna, parpadearon y se taparon los ojos con las manos.

Sus manos no eran unas manitas enguantadas en hilo como las del pepinucho. Comparadas con sus cabezas, eran unas manotas con unos dedotes anchos y gordos.

—¿Qué quieres de nosotros? —preguntó uno de los cinco.

—Su Rey está arriba, con nosotros —respondí.

—Primero que todo, ya lo sabíamos —dijo el que estaba en el extremo izquierdo.

—Y segundo, ya no es nuestro Rey —dijo el que le seguía.

—Y tercero, nos importa un comino —dijo el de la mitad.

—Y cuarto, tenemos mucho trabajo. Así que no nos molestes —dijo el cuarto.

—¡Y quinto, queremos vivir tranquilos y no tenemos ni cinco de ganas de que nos visiten! —dijo el último.

No se me ocurrió qué responderles a los kumi-oris, pero como quería seguir hablando con ellos, pregunté:

—¿Puedo servirles en algo? La verdad es que ustedes me resultan mucho más simpáticos que el rey pepino, y me encantaría poder ayudarles de algún modo.

Entonces, hubo un largo silencio. Luego, un cotorreo que provenía de todos los huecos. Los cinco kumi-oris del agujero más grande juntaron las cabezas y murmuraron entre sí.

—¡Pido un momento de silencio! —exclamó de pronto el de la mitad—. ¡Silencio, por favor! ¡Silencio!

Se hizo silencio en todos los huecos.

—¡Ciudadanos kumi-oris! —dijo el de la mitad—. ¿Quieren confiar en el muchacho?

Por todos los huecos se asomaron miles de cabezas kumis-oris y me miraron fijamente.

Entonces, puse mi cara más amigable, sonreí como un corderito y volví a sentirme como un misionero en la jungla. Los ciudadanos kumi-oris me observaron atentamente y murmuraron satisfechos.

—¿Debemos confiar en él? —preguntaron los cinco del agujero grande.

De todos los huecos pequeños salieron gritos afirmativos.

Me sentí orgulloso de la buena impresión que había causado en los kumi-oris.

—Bien —dijo uno de los cinco—. Confiaremos en él.

Y los cinco salieron del agujero con un brinco. Se me acercaron y me dieron la mano. Eran manos recias y fuertes. Todo lo contrario a una masa de levadura cruda.

También se me acercaron los kumi-oris de los huecos pequeños. Entonces, quedé rodeado de ciudadanos kumi-oris. Todos eran color café grisáceo y más pequeños y delgados que el pepinucho, pero sus pies y sus manos eran mucho más grandes. Les pregunté en qué podía ayudarles.

Un kumi-ori respondió que necesitaban herramientas. Habían oído que arriba, sobre la tierra, había herramientas. Y eso les vendría bien, pues tenían que hacerlo todo con sus propias manos: cavar y extraer y mezclar y etcétera.

También les vendrían bien un par de clavos. Y quizás también un poco de alambre. Todo eso necesitaban. Tenían que construir un agujero-escuela para los niños kumi-oris. Y un ayuntamiento y un polideportivo. Y también tenían que arar los cultivos de papas.

Anteriormente, según me contó otro ciudadano kumi-ori, cuando el pepinucho todavía era Rey, no tenían ni escuela ni ayuntamiento ni polideportivo. Pasaban todo el tiempo mordisqueando la tierra para formar los grumos con los que debían construir un palacio gigantesco para el rey Pepino. La saliva de los kumi-oris era como un engrudo que pegaba los grumos de tierra, pero no pudieron mostrarme el palacio porque estaba detrás del muro, dentro del agujero grande. Un kumi-ori señaló los adornos que bordeaban el hueco y dijo:

—¡Tres generaciones de mi familia gastaron su vida entera en esta sola fachada!

Durante el reinado de los escálidos, los niños kumi-oris no podían ir a la escuela. Solo los hijos de los soterranos y los soterrunos tenían una escuela. Y solo les estaba permitido cosechar papas suficientes como para no morirse de hambre. El resto del tiempo debían dedicarse a mordisquear y escupir adornos para el palacio.

Otro ciudadano kumi-ori me contó que por eso tenían tanto trabajo ahora, pues tenían que ponerse al día en muchas cosas. Les faltaba de todo y para todos.

Pero ya lo conseguirían, aseguraron los cinco del agujero grande.

Entonces, subí al primer sótano y cogí todo lo que me pareció que podría servirles a los kumi-oris. Luego les bajé montañas de cosas, en tres tandas.

Lo que más les alegró fueron los juguetes de playa de Nico. Estaban emocionadísimos. Y me dijeron podía volver a visitarlos cuando quisiera.

También estaban muy agradecidos. Uno llegó a decir incluso que me harían un monumento. Pero los demás exclamaron que habían abolido los monumentos. Y yo les dije que no necesitaba ningún monumento y que los juguetes de playa de Nico ya no tenían ningún valor.

Cuando subí del sótano, estaba todo sucio y cubierto de polvo. Mamá dijo que olía fatal, como a moho. Quería saber dónde había estado. Pero no le dije nada, pues eso solo habría vuelto a alterarla.

A la que sí le conté todo fue a Martina. Y decidimos que recolectaríamos viejos juguetes de playa por todas partes, entre los amigos y demás.

—¿Qué diremos cuando nos pregunten para qué los necesitamos? —le pregunté a Martina.

Ella se rio y respondió:

—¡Diremos que son para los niños pobres del África! ¡Eso seguro se lo creen!

Capítulo decimoprimero

o

Número 11 de la estructura
dada por el profesor de literatura

Parece que mis células grises empiezan a desvariar. No tenía idea de que la gente quisiera tanto a los africanos. Lleno el cubo de la basura hasta que reviente. Mamá no logra arrancarnos ni una palabra. En este capítulo, para variar, es el abuelo quien pierde los estribos.

——¡Tomás González está desvariando! —dijeron mis compañeros de clase.

Primero, porque de repente dejé de tener dificultades con las matemáticas. Y segundo, porque les pedí a todos que me trajeran sus juguetes de playa.

Eric Huertas, que sabe tanto de psicología, dijo que el asunto estaba clarísimo.

—Tomás tiene el cerebro lleno de operaciones —explicó—. Sus células grises no hacen más que dividir y multiplicar, pero eso no las hace felices. Preferirían dedicarse a otra cosa en realidad. Por eso, sus pequeñas células grises sienten nostalgia de la infancia, cuando no tenían que calcular, y ahora le están ordenando que recoja juguetes de playa. ¡Quieren que Tomi vuelva a comportarse como un niño porque así no tienen que calcular!

Todos se rieron. Pero si les hubiera contado la verdad acerca de los juguetes de playa, se habrían reído aun más y habrían creído que estaba loco de remate.

Por cierto, Tito Serrano me trajo dieciséis cubos nuevos, con sus palas y sus rastrillos. Eran de su hermana, que es una consumista compulsiva. Todas las semanas le regalan un nuevo juguete de playa porque si no hace una pataleta, y la señora Serrano no piensa sacrificar su tranquilidad mental por unos cuantos pesos a la semana.

En total, conseguí treinta y seis cubos de playa, con sus palas y sus rastrillos. Y el conserje me dio una gran bolsa de plástico para llevármelos.

Camino a casa, me encontré con una señora gorda que me preguntó qué pretendía hacer con la bolsada de juguetes, y yo cometí el error de decirle que era una colecta para los niños pobres del África. La gorda opinó que era una idea encantadora de mi parte y que ella también quería aportar su granito de arena.

Entonces, me arrastró hasta un edificio y tuve que subir tras ella, jadeando, hasta el quinto piso. Luego me condujo a través de un recibidor anticuado hacia la cocina. Allí tenía una banca larga, que en realidad era un arca. Entonces abrió la tapa del arca-banca y sacó un montón de cachivaches: trapos, calcetines viejos, un reloj de cocina, una cuerda para tender la ropa, papeleras de plástico, frascos de mostaza vacíos, ropa sucia, un sombrero de paja, un viejo osito de peluche y muchas más cosas espantosas.

—¡Por aquí deben de estar los viejos juguetes de playa de mi Toñito! ¡Los tengo guardados desde hace diez años! —decía.

En algún momento, dejó de buscar para mostrarme unas fotos de su Toñito. Una en la que estaba en un cajón de arena con sus juguetes de playa, otra del día de su confirmación, otra del día de su matrimonio y otra en la que se le ve con un nuevo y pequeño Toñito en brazos.

Luego, siguió buscando y murmurando:

—¡Hay que hacer obras de caridad! ¡Sí, señor! ¡De caridad! ¡Por los niños negros!

—y—: ¡Tienen tanta arena en el desierto pero no tienen cubos ni palas con qué recogerla!

Hasta que el arca quedó vacía finalmente. Los juguetes de playa no estaban allí. Yo quería irme rápido, pero la gorda no me soltaba. Insistía en buscar algo más para los negritos. Yo le expliqué que solo me correspondían los juguetes de playa, pero no me hizo caso. Me embutió el osito viejo debajo del brazo y me dijo que no fuera tan modesto y que ella contribuía de todo corazón por el bien de los africanos.

En la cocina, estuvo un buen rato una vecina que había ido a pedirle un huevo a la gorda. Al parecer, se había enterado de mi colecta. Y al bajar las escaleras del edificio, con el osito bajo el brazo y la bolsa de plástico al hombro, se abrieron las puertas y las señoras me dieron toda clase de cosas para la colecta. Yo intenté negarme, pero no sirvió de nada. El olor a almuerzo salía por todas las puertas. Y yo ya tenía hambre.

Cuando logré salir del edificio, no solo tenía el osito y los juguetes de playa, sino también tres muñecas sin ojos y dos sin pelo y una sin brazos, una locomotora sin ruedas, una piyama gris, un parchís sin dados, una bolsa de leche en polvo, un libro ilustrado sobre los africanos y unas pantuflas viejas. Las señoras me lo metieron todo en viejas bolsas de plástico.

Habría querido dejarlas a la salida del edificio, pero la portera me acompañó hasta la calle. Entonces, tuve que avanzar pesadamente. Las bolsas se rompían y se rasgaban por todas partes, y los cachivaches se caían todo el tiempo. Tres veces intenté dejar los bultos por el camino, pero siempre había alguien que me perseguía y gritaba:

—¡Ay, por Dios, qué muchacho más distraído! ¡Se te cayeron tus cosas!

Entonces, le daba las gracias y seguía con mis bultos a cuestas. Pero no dejaba de extrañarme, pues hacía una semana se me habían caído un par de monedas de la maleta... ¡y nadie corrió detrás de mí para devolvérmelas!

Mamá estaba en la puerta del jardín. Estaba esperándome por lo que había tardado tanto.

—¡No pensarás meter ese trasterío en mi casa! —me dijo.

Entonces, le pregunté si tenía algo en contra de los niños pobres y le reproché por estar boicoteando la colecta. Mamá sacó el

pantalón de piyama gris de una bolsa. Habían usado una de las piernas como trapo limpiabotas desde hacía tiempo.

—¡Los niños africanos! —exclamó—. ¡Qué rayos les van a importar estas porquerías a los niños africanos!

—Tienes toda la razón —respondí y embutí el trasterío en la basura. Menos los juguetes de playa, por supuesto.

Mamá abrió los ojos de par en par y dijo que no podía creer que hubiera alguien tan tonto que hacía una colecta para luego llenarle el basurero a su mamá.

Martina llegó en ese momento. Y mamá abrió los ojos aun más, pues Martina traía también una bolsa llena de juguetes de playa.

—¡Conseguí diecisiete! —gritó.

—¡Y yo treinta y seis! —anuncié, orgulloso.

—¡Entonces tenemos cincuenta y tres en total! —dijo mamá—. ¡Los niños africanos podrán remover todo el desierto del Sahara!

Y entró en la casa sacudiendo la cabeza.

Cogí las bolsas con los juguetes de playa y las bajé al sótano. Martina se quedó en la puerta haciendo guardia. Los últimos escalones los bajé rodando, pues estaban muy resbaladizos. Pero no me hice daño porque caí sobre las bolsas. Fui directamente al agujero grande y grité:

—¡Traigo cincuenta y tres juegos de herramientas!

Los kumi-oris salieron de sus huecos, emocionados. Contemplaron asombrados las bolsas de plástico y me preguntaron qué clase de material era ese. Yo les dije que se los explicaría después porque mamá se pondría a buscarme si no subía a almorzar, y no quería que le diera por interesarse en el segundo sótano.

Los kumi-oris tampoco querían que a mamá le diera por interesarse en el segundo sótano.

—¡Sí, sí, tienes toda la razón! —dijo uno—. ¡Ya tenemos suficientes problemas internos como para resistir una presión externa!

Les pregunté si podía llevar a mi hermana la próxima vez, y aunque no les hizo mucha gracia, dijeron que si era más o menos como yo, no habría problema.

Subí a la cocina. Martina seguía en guardia. No había moros en la costa, y yo tenía tanta hambre que me crujían las tripas.

El abuelo y Nico no estaban en casa. Habían ido a ver una exhibición de trenes en miniatura, pues Nico sale del colegio mucho antes que Martina y yo.

Ese día había espaguetis de almuerzo. Y cuando hay espaguetis, mamá suele regañarnos. Dice que comemos como cerdos porque no enrollamos los espaguetis en el tenedor sino que los sorbemos. ¡Pero esa es la gracia de comer espaguetis!

Mamá es muy seria con la comida. No le gusta que hablemos de cosas normales en la mesa. Ni siquiera podemos decir cosas como que tenemos dolor de barriga. Tampoco podemos sonarnos porque se le ponen los pelos de punta. Pero ese día no nos regañó, y eso que hicimos una verdadera orgía de sorbidos.

—¿Dónde metieron los juguetes de playa? —preguntó—. ¡En el jardín ya no están!

—Están en la parte trasera del jardín —mentí.

—¡No, allí no están! —dijo mamá.

—¡Los llevé a mi habitación! —murmuró Martina después de sorber su bigote de espagueti.

—¡No, no es cierto! —gritó mamá.

—Entonces alguien tiene que habérnoslos robado —dije, indignado.

—¿Y quién? —preguntó mamá.

—Pues tal vez los niños negros —dijo Martina.

Mamá se puso furiosa. Dijo que era una buena madre y que teníamos razones de sobra para decirle la verdad. Nosotros le dijimos que era una madre realmente buena, pero que esa no era una razón para contarle todo.

Y como mamá es una buena madre, lo entendió.

Luego secamos los platos, para que mamá viera que éramos unos buenos hijos. Nico y el abuelo llegaron en ese momento. Nico contó que los trenes de la exposición eran muy bonitos.

Mamá quería servirle espaguetis al abuelo, pero él dijo que había perdido el apetito. No quería comer nada. Se veía muy pálido y enfermo. La mano izquierda le temblaba y la boca torcida también, y eso solo sucede cuando se altera demasiado.

El abuelo se fue a su habitación porque quería hacer una siesta.

—¿Has enfadado al abuelo? —le preguntó mamá a Nico.

Nico dijo que no lo había enfadado, pero que el abuelo había estado muy raro durante todo el camino a casa, aunque solo le había contado cosas maravillosas.

Hasta le había dicho a Nico que se iría a una residencia de ancianos porque ya no éramos una familia sino un manicomio.

—Mi hermanito bonito —dijo Martina—, ¿qué cosas maravillosas le contaste al abuelo?

—¡Puras cosas realmente maravillosas! —respondió Nico—. ¡Que pronto vamos a tener una camioneta todoterreno! ¡Y calefacción central! ¡Y que yo voy a tener una bicicleta con diez cambios! ¡Y que vamos a instalar una piscina térmica en el jardín!

—¡Tarado! —le dije.

—¡Ningún tarado! —gritó Nico—. ¡Ya verás! Y si te portas mejor, ¡podrás bañarte en nuestra piscina!

—¿Y es que vamos a ganarnos la lotería? —preguntó mamá—. ¿O vamos a robar un banco?

—No —respondió Nico—. Creo que no. ¿Por qué?

—¿Y de dónde vamos a sacar entonces el dinero para la camioneta y la piscina y la bicicleta y la calefacción? —preguntó Martina.

Lamentablemente, dijo Nico, no podía decírnoslo. Además ya nos había revelado demasiadas cosas del secreto. Lo único que podía añadir era que pronto íbamos a estar muy orgullosos de papá y veríamos lo injustos que habíamos sido con él.

Entonces, se me encendió la bombilla. Aunque no podía imaginarme a qué se refería Nico exactamente, presentía por dónde iba el agua al molino.

—Cuéntame, hermanito querido —dije—, ¿le contaste más cosas de tu secreto al abuelo?

Nico se puso colorado.

—Al abuelo le conté casi todo el secreto, pero solo porque los trenes me hicieron olvidar que era un secreto. Pero el abuelo me prometió que no se lo contaría a nadie. ¡A ustedes tampoco!

Mamá suspiró. Martina quería que mamá obligara a Nico a contarnos el secreto, pues es fácil forzar a Nico. Habría bastado con decirle: "Pues tu secreto no me interesa. ¡Tú tampoco me interesas ni un poquito! ¡Y no voy a hablar ni una sola palabra contigo en los tres días siguientes!". Con eso, Nico habría desembuchado.

No obstante, mamá dijo que había que ser justos con todos y que ella no nos había obligado a decirle dónde habían ido a parar los cincuenta y tres juegos de playa y qué rayos era eso de la colecta para los negros.

También dijo que lo más importante era que fuéramos buenos y cariñosos con el abuelo en los días siguientes. Si no, podía darle otra apoplejía. El doctor había dicho que el temblor de la boca y la mano izquierda era una señal de alarma.

Pero entonces Nico empezó a dar la lata de nuevo. Que qué pasaba con los cincuenta y tres juegos de playa. Que él también quería hacer una colecta para los negros. ¡Que no podíamos ocultarle ningún secreto!

—¡Tú también nos estás ocultando un secreto! —le dije.

—Pero yo prometí solemnemente que no se lo contaría a nadie —sollozó Nico.

—¿A quién se lo prometiste? —preguntó mamá.

Nico la miró desesperado. Ya no sabía si eso era parte del secreto o no.

—¿Se lo prometiste a papá? —indagué—. ¿O al querido Rey?

Nico apretó los labios con fuerza, pero yo lo miré a los ojos. Nico es muy pequeño todavía y se delata con facilidad. Entonces, vi que asentía con la mirada. No había duda: se lo había prometido tanto a papá como al pepinucho.

—¡Dejen en paz al pequeño! —dijo mamá—. ¡El pobre no sabe ya ni dónde está parado!

—¡Pues entonces no es el único de esta familia que está así! —le dije a mamá. Pero dejé a Nico en paz y no le hice ninguna broma cuando se fue a la habitación de papá con una papa nacida en la mano.

En el capítulo decimosegundo
hay una confusión tan grande,
que la estructura dada por
el profesor de literatura no funciona

Lo único que está claro es que en este
capítulo sí logro sacarle el secreto a Nico. Lo
que sigue después no es una pelea familiar
normal, ¡sino un escándalo insospechado!

No lograba tranquilizarme. Me rompía
la cabeza pensando por qué temblaba y se
estremecía tanto el abuelo. Entonces fui a
su habitación y escuché con atención para
ver si roncaba, pues el abuelo ronca siempre cuando está dormido. Pero como no se
oía ningún ronquido, toqué a la puerta. El
abuelo me abrió. Yo me senté en su cama y
le dije que quería hablar con él, que quería

saber el secreto de Nico. No por curiosidad, sino porque si le estaba temblando tanto la boca era porque tenía que ser un secreto terrible y entonces teníamos que hacer algo para evitarlo.

El abuelo encendió un cigarrillo. Dijo que Nico le había contado unas cosas muy confusas y que él no entendía nada, pero que una cosa sí estaba clara: el rey Kumi-Ori estaba que reventaba de la furia porque los súbditos no habían venido a buscarlo, y quería destruirlos, en venganza. Pero no podía hacerlo, pues al fin y al cabo no podía hacer nada. Y entonces papá se había ofrecido a encargarse del asunto en su lugar.

—¿Cuál asunto? —pregunté. (A veces, cuando algo es demasiado espantoso, me vuelvo un poco lento de entendederas).

—¡Pues destruir a los kumi-oris del segundo sótano! —dijo el abuelo.

—¡Nooo! —grité.

—Eso fue lo que dijo Nico.

—¿Pero por qué quiere destruirlos? ¡Si no le han hecho nada! ¡Además están construyendo un agujero-escuela para sus hijos! ¡Y lo único que quieren es un par de juguetes de playa y vivir en paz!

Entonces le conté todo lo del segundo sótano al abuelo. Y volví a preguntarle por qué papá pensaba hacer algo tan terrible.

—Porque el rey Kumi-Ori le ha prometido, a cambio, una todoterreno, una calefacción central, una piscina y no sé qué cosas más.

—¡Pero si Kumi-Ori no tiene dinero!

El abuelo se encogió de hombros. Él tampoco lo entendía, pero no había querido sacarle más información a Nico.

—¿Y cómo piensa destruirlos? —pregunté.

—Parece que con agua —murmuró el abuelo.

Entonces hablé con Martina y coincidimos en que ya no podíamos seguir dejando en paz a Nico. Aunque mamá nos lo hubiera pedido. Entonces, llevé a Nico a mi habitación y empezamos el interrogatorio. Yo por las malas, Martina por las buenas.

—¡Dime el secreto o te daré una paliza que te dejará de todos los colores, renacuajo miserable! —grité.

—¡Vamos, cuéntaselo a tu hermana adorada! ¡Si no, tu queridísima hermana no hablará contigo en toda una semana!

Pero la superamenaza no nos sirvió de nada. Nico no abrió la boca. Entonces, se me ocurrió la estrategia del "pues-no-te-lo-creo".

—¡Kumi-Ori no puede regalarle nada a papá porque el bicharraco malvado no tiene dinero! —le dije.

Y Nico cantó finalmente:

—¡Pues el rey Kumi-Ori no necesita ningún dinero porque es amigo del emperador Kumi-Ori de la aseguradora de papá! Y el emperador tiene poder sobre el director general, y, en recompensa, el director general le dará a papá un puesto en la dirección, ¡y entonces papá podrá comprárselo todo!

Me quedé patitieso. Martina se puso pálida y Nico se puso verde de la rabia al darse cuenta de que se le había ido la lengua.

—¿Y papá cómo piensa destruir a los kumi-oris del sótano? —preguntó Martina.

Pero ya era imposible arrancarle otra palabra a Nico. Solo nos quedaba una posibilidad: agarramos a Nico y nos lo llevamos al sótano.

—Bueno, pequeño monstruo inhumano que tengo por hermano —bufé—, vamos a visitar a los súbditos. ¡Para que los conozcas antes de que tu querido padre y tu querido pepino acaben con ellos!

Nico no quería. Decía que tenía miedo del sótano y de los súbditos malvados, y que gritaría hasta que mamá viniera. Pero no gritó, porque Martina le tapó la boca. Yo llevé la linterna grande.

Así bajamos a Nico, que pataleaba como loco, al segundo sótano. Temblaba de pies a cabeza. No sé si por el frío o por el miedo. Martina se quedó a su lado mientras yo me acercaba al agujero grande y gritaba:

—¡He traído a mis hermanos! ¡Quieren conocerlos!

Los cinco kumi-oris salieron, hicieron una venia y dijeron:

—Buenas tardes, amigos.

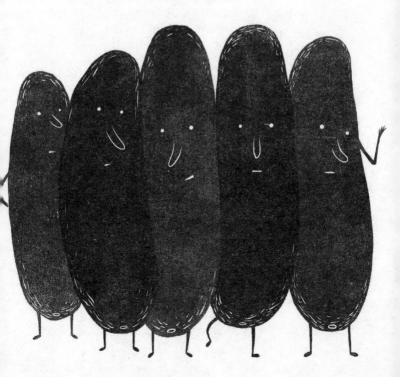

Los otros kumi-oris también salieron de sus huecos y saludaron amablemente. Tenían palas y rastrillos en las manos. Estaban felices y cubiertos de sudor.

—¡Se te saluda, amigo! ¡Gracias a tus herramientas, hoy hemos terminado la guardería! —gritó un kumi-ori pequeño, regordete y grisáceo.

—¡Y pronto terminaremos la escuela! —me contó otro kumi-ori alto, flaco y más oscuro.

—¡Pasado mañana araremos los cultivos de papas para poder cosechar más y mejores papas y así poder alimentar mejor a nuestros hijos! —añadió un kumi-ori cubierto de manchas café grisáceas.

Luego, nos mostraron el agujero de la escuela.

—¡Niños, salgan por favor! —gritó otro.

Se oyeron unos crujidos y unas risitas que venían del fondo del hueco. Luego salieron rodando un montón de kumi-oris diminutos y blancos como la nieve. Tenían ojos muy azules, mejillas rosadas y boquitas moradas.

—¡Ay, qué ternura! ¡Son mucho más tiernos que los ratoncitos blancos! —dijo Nico.

—¡Y sobre todo son mucho más tiernos que tu pepinucho! —le dije a Nico. Pero él ya no me escuchaba. Se había echado boca abajo y se había puesto a jugar con los niños kumi-oris.

Los kumi-oris estaban tan contentos y activos que no me atreví a hablarles de papá y el pepinucho. Estaban llenos de proyectos y esperanzas.

—Dentro de un año, amigo mío, no reconocerás nuestro sótano —dijo uno desde el agujero grande. Luego, me explicó todo lo que iban a construir y cómo pensaban encargarse de las provisiones de comida—. Ninguno de nosotros volverá a pasar hambre.

—Y con tus herramientas podemos construir nuestros agujeros de forma que no volveremos a pasar frío en invierno —dijo otro desde el agujero grande.

Martina me dio un codazo.

—¡Cuéntales! —susurró.

Me aclaré la garganta, pero no sabía cómo empezar. Además, me sentía avergonzado de papá.

—Dale, cuéntales ya —insistió Martina.

—¿Qué tienes que contarnos, amigo mío? —preguntó uno de los cinco del agujero grande.

No tenía escapatoria.

—Mi padre y el pepinucho, su antiguo rey, quieren acabar con ustedes.

En el sótano se hizo un silencio absoluto. Los kumi-oris se acercaron entre sí. Si uno hubiera mirado solo superficialmente, habría podido pensar que eran un montón de papas grandes. Pero no miré superficialmente, sino con mucha atención, y vi que tenían miedo. Entonces, otro de los cinco del agujero grande se abrió paso entre la multitud. Se me acercó y preguntó:

—¿Qué pretenden hacer tu padre y el último escálido?

Nico seguía echado en el suelo. Sostenía a dos niños kumi-oris en la mano y les soplaba las naricitas rosadas. Ellos se reían.

—Nico, presta atención —dije—. Es ahora de que nos digas qué están planeando papá y el pepinucho. Si no, los lindos y pequeños kumi-oris morirán pronto.

Nico se incorporó. Tragó saliva varias veces. Luego contempló a los kumi-oris que tenía en la mano y dijo:

—Mañana, o pasado mañana, piensan romper un tubo del agua en el primer sótano. El agua bajará al segundo sótano y lo inundará todo, los huecos y todo lo demás. Y los kumi-oris no saben nadar. Eso dijo el Rey. Piensan hacerlo en un día en que papá no tenga que ir a trabajar. Papá bajará al primer sótano al mediodía y hará como si acabara de descubrir el tubo roto. Entonces, llamará a los bomberos para que bombeen el segundo sótano. ¡Pero entonces ya se habrán ahogado todos los kumi-oris!

El kumi-ori que había preguntado se dio la vuelta hacia los demás.

—¡Por favor, ciudadanos, debemos mantener la calma! —dijo.

Pero los kumi-oris estaban como paralizados. Todos estaban lívidos del susto. Solo los chiquillos seguían jugando con Nico.

—Ciudadanos, ¿cómo podemos protegernos? —preguntó otro de los cinco del agujero grande.

—¡Tal vez podríamos aprender a nadar! —propuso uno.

—¡O construir barcos! —dijo otro.

—¡O sellar la puerta del sótano! —otro.

Pero llegaron a la conclusión de que nada de eso tenía sentido. Un ser tan pequeño no podía aprender a nadar de un día para otro. Además, no tenían agua dónde aprender. Tampoco podían construir barcos en tan poco tiempo. Y sellar la vieja puerta carcomida para que el agua no pudiera entrar tampoco era posible.

Martina les propuso que se mudaran al primer sótano durante el tiempo de la inundación. Allí podrían esconderse. Los kumi-oris negaron con la cabeza.

—¡Todo estará destruido para cuando regresemos! —explicó uno—. ¡La guardería y la escuela! ¡Todo! ¡El suelo estará lleno de barro y nuestros huecos estarán sepultados! Las papas subterráneas se pudrirán. ¡Y son nuestro único alimento! ¿De qué vamos a vivir entonces?

—Dime, amigo mío, ¿por qué tu padre quiere ayudar al último escálido? —me preguntó un kumi-ori pequeño y regordete.

Entonces les hablé del emperador de la compañía aseguradora y el puesto en la dirección. Y eso produjo una agitación profunda entre los kumi-oris.

—¡Ese granuja mentiroso! ¡Ese maldito escálido! ¡Ese mentiroso detestable! —gritaron.

Y así nos enteramos de que ya no quedaba ningún emperador Kumi-Ori en el mundo, ni siquiera un Rey. Ellos habían sido los últimos en desterrar al suyo.

—Los kumi-oris no podemos vivir en sótanos de cemento. Necesitamos el barro y la tierra y la humedad. Y el sótano debe ser tan profundo, que no tenga ventanas —explicó un kumi-ori alto y flaco.

—¡Y yo conozco perfectamente la situación en el sótano de la aseguradora! —dijo otro kumi-ori cubierto de pecas—. Huí de allí hace diez años. Allí todo está seco y cubierto de cemento. Es imposible cavarse un agujero, y uno termina secándose. Y ya no se dan las papas subterráneas. Todos los kumi-oris sensatos se marcharon. Solo se quedaron unos cuantos. Y se transformaron. Ahora están resecos y blancos como la nieve. Se alimentan de los viejos expedientes apilados en el sótano. Viven en unos huecos diminutos entre las montañas de expedientes. ¡Y están completamente locos! ¡Ya no saben hablar! ¡Ni caminar! Se la pasan rodando por el sótano y soltando unos chillidos estridentes. ¡Y se atacan mutuamente e intentan matarse entre sí!

Los demás kumi-oris asintieron.

—¿Entonces no pueden darle a papá ningún puesto en la dirección? —preguntó Nico.

—¡Ellos tienen tan poco poder como nosotros! —exclamó un kumi-ori cubierto de rayas.

—¡Yo me encargaré de que no les pase nada! —dijo Martina—. Papá se dará cuenta que se ha equivocado o... —no supo qué más decir.

—¡O nosotros se lo impediremos! —concluí.

—¡Palabra de honor! —añadió Nico.

Esta promesa tranquilizó a los kumi-oris. Y nos agradecieron, llenos de confianza. Claro que nosotros debíamos de parecerles inmensos y poderosos a los pequeños personajillos. Creerían que nos quedaría fácil protegerlos. Como no conocían a nuestro papá...

—¡Impedirle algo a papá! ¡Como si eso fuera fácil! —dijo Martina mientras subíamos por la escalera del segundo sótano.

—¡Pues claro que es fácil! —dijo Nico, que subía jadeando detrás de nosotros—. Y si no podemos, ¡entonces me sentaré en el segundo sótano y me quedaré allí abajo! ¡Así papá no podrá romper ningún tubo, pues no va a querer ahogarme a mí!

Al llegar al primer sótano, oímos el auto de papá que entraba en el garaje.

—¡Al ataque! —dije, y añadí—: ¡Nico, es mejor que no te metas!

Nico sacudió la cabeza.

—Yo no le tengo miedo a papá —dijo.

Me habría gustado poder decir lo mismo.

Justo cuando abrimos la puerta del sótano, papá abrió la de la casa. La puerta de la casa y la del sótano están una frente a la otra. Papá nos miró fijamente, pero no dijo nada. Simplemente, colgó el abrigo y el sombrero en el perchero. Pero como se quedó mirándonos en vez de mirar el perchero, el abrigo y el sombrero cayeron al suelo. Sin embargo, papá no se dio cuenta.

—¡Venimos del segundo sótano! —dijo Martina.

Papá seguía sin decir nada.

—¡Estábamos con los kumi-oris y les contamos tus planes! —grité con una voz tan ronca y áspera, que no la reconocí.

—¡No puedes ahogarlos! ¡Tienen niños blancos con boquitas moradas! —gritó Nico.

Papá seguía sin decir ni mu. Entonces, mamá salió de la cocina.

—¿Qué está pasando? —preguntó.

—No pasa nada —murmuró papá.

Sentí que algo se quebraba dentro de mí.

—¡No pasa nada! —grité—. ¡Aparte de que papá piensa romper una tubería! ¡Pero eso no lo va a convertir en director, porque en la aseguradora no hay ningún emperador! ¡Porque allí todo es de cemento! ¡Papá va a ahogar a los kumi-oris para nada!

Y me arrojé a los brazos de mamá, sollozando. Martina me contó después que temblaba como una hoja al viento, mientras mamá me consentía y me decía "ya, ya, ya".

Me calmé lentamente. Y cuando me separé de mamá, Martina estaba tratando de convencer a papá. Entonces intenté ayudarle. Y Nico también. Cuando uno está tan alterado como lo estábamos nosotros, solo se le ocurre la mitad de lo que quiere decir, pero en cambio habla el doble de fuerte.

Por eso, no logramos que papá entrara en razón.

Luego intervino mamá, gritando que no entendía ni una sola palabra y que qué rayos era esa historia de la tubería.

Entonces, se unió el abuelo, que le explicó a mamá lo que estaba pasando. Y nosotros aprovechamos para contarle al abuelo lo que él no sabía.

También aprovechamos para gritarle a papá lo que pensábamos de él. Y cuando mamá entendió lo que estaba pasando, también aprovechó para decirle a papá lo que pensaría de él si le rompía una tubería. Y el abuelo dijo que no sabía en qué se había equivocado en la educación de papá.

El pepinucho también había salido al recibidor, pero se había quedado detrás de la puerta de la sala. No se había atrevido a intervenir en la confusa pelea familiar. Le hacía gestos a papá, y en algún momento oí que susurraba:

—¡Señores González, él vienen aquís! ¡Nada no le creen a nadies!

Pero papá no lo había visto. No había soltado ni medio grito. No había dicho ni esta boca es mía.

De pronto, se agachó para recoger el abrigo y el sombrero. Se envolvió en el abrigo y se encasquetó el sombrero.

Luego pasó por entre nosotros en dirección a la puerta de la casa, y salió sin dar siquiera un portazo. Nosotros nos quedamos un buen rato en el recibidor, oyendo cómo se abría la puerta del garaje y cómo se alejaba el auto.

Mamá piensa siempre que todo va a salir bien. Dice que es una persona optimista. Y esta vez lo fue también. Pues cuando el vehículo de papá se alejó del jardín, anunció:

—Bueno, pues ya verán. Papá va a reflexionar. Y cuando regrese, habrá vuelto a la normalidad.

—¡Dios te oiga, nuerita! —suspiró el abuelo y volvió a su habitación.

El pepinucho seguía junto a la puerta de la sala.

—¡Desaparécete! —le grité.

Y desapareció en un santiamén.

Nico tenía cara triste.

—¿Te sientes mal por él? —le preguntó Martina.

Entonces, Nico puso cara aun más triste.

—¡Pues es que yo lo quiero! —susurró.

—Uno no puede querer a todo el mundo —le dije—. ¡Y mucho menos a los malos!

Pero no estaba completamente seguro de tener la razón.

En el capítulo decimotercero
no hay mucho que estructurar

Esperamos. Seguimos esperando. Y mientras tanto, conversamos, por supuesto. Pero como es muy poco para un capítulo, escribo también lo que pasó al día siguiente en el colegio: algo realmente sorprendente.

A la hora de cenar, papá no había regresado todavía. Lo esperamos hasta las nueve, y entonces comimos sin él. Mamá seguía siendo optimista.

—¿Lo ven? ¿Lo ven? ¡Si papá tarda tanto es porque está reflexionando con todo detenimiento! ¡Y luego entrará en razón! —dijo.

Cuando dieron las once (Nico había ido a acostarse hacía un buen rato), a mamá se le acabó el optimismo. Miraba el reloj constantemente y murmuraba cada dos por tres:

—No le habrá pasado nada, ¿no? ¡Siempre conduce tan rápido cuando se enfurece!

No decía nada más, pero en su cara se veía que se imaginaba las cosas más terribles.

El abuelo hacía como si no se imaginara nada terrible, pero llevaba dos horas leyendo su editorial. Me imaginé, pues, que pensaba más en papá que en su periódico.

Yo tenía un sentimiento extraño. Eran dos sentimientos, en realidad: estaba furioso con papá, pero también estaba asustado por él. Con cada cuarto de hora que pasaba, la furia disminuía y el miedo crecía. Y cada vez me acordaba de más cosas buenas de papá.

Martina estaba sentada en el sofá y se comía las uñas.

—¡Pero de todos modos teníamos que decírselo! —sollozó de repente.

—¡Por supuesto! ¡No puede darle por romperme una tubería así porque sí! —murmuró mamá.

A la medianoche, mamá llamó a la policía, pero no les importó en absoluto.

—Respetada señora —dijeron—, si tuviéramos que buscar a todos los maridos que no han vuelto a casa a la medianoche, viviríamos muy ocupados.

Mamá les explicó que papá no era de esos, sino que era muy distinto y además volvía a casa siempre puntualmente.

—Sí, sí, respetada señora —dijeron—, ¡hemos oído esa historia cientos de veces!

Pero por lo menos le aseguraron a mamá que solo había habido un choque en toda la zona. Un camión cisterna contra un auto deportivo. Entonces mamá se tranquilizó y recuperó su optimismo. Dijo que lo más seguro era que papá pasara la noche en un hotel y que allí volvería a la normalidad.

—Es buena persona —dijo—. ¡En serio! ¡No es tan malo como creen! ¡De verdad!

Nosotros no la contradijimos, pero tampoco le dimos la razón. Luego se soltó a hablar de papá como una cotorra: que no la había tenido fácil en la vida, que el abuelo había preferido siempre al tío Ernesto, que a pesar de que era tan inteligente, siempre había ocupado el mismo puesto y que sufría mucho por eso, y que él no tenía la culpa de tener tan mal gusto y de que le gustara la ropa que no nos gustaba a nosotros. Que no era que fuera tacaño, sino que quería pagar la hipoteca de la casa y por eso era que ahorraba tanto.

—¡Tienen que entenderlo! —gritó.

—¡Un momentito! —dijo Martina—. ¡Tú siempre le has reprochado que es un amarrado!

Mamá se calló finalmente, y el abuelo dijo que era hora de irnos a la cama, pues si no, no habría quién nos despertara al día siguiente.

Yo estaba muerto de cansancio, y cuando me puse de pie para ir a mi habitación, se abrió la puerta de papá. Entonces me llevé un susto alegre, pues pensé que quizás había regresado y había entrado por la ventana. Pero era el pepinucho. Y preguntó, indignado:

—¿Dónde están el señores González?

—¡El señores González no están! —respondió Martina.

—¡Nos tiene hambres! ¡No recibe suya alimento en todo el días!

Y nos lanzó una mirada acusadora.

—¡Las papas nacidas están debajo del fregadero! —dijo mamá, señalando hacia la cocina.

El rey Kumi-Ori estaba anonadado.

—¡Nos nada no hace solos! ¡Nos nada no recoge!

—¡Entonces quédate con hambre! —le sugerí.

Pero no le gustó la idea y se fue a la cocina. Al salir, pasó a nuestro lado con cara de pocos amigos y el bulto de papas al hombro.

Aunque me acosté tan tarde, me desperté muy temprano. Martina no había venido a despertarme todavía. Fui a la habitación de papá y abrí la puerta. Había papas regadas por todo el suelo y el pepinucho roncaba a pierna suelta, pero papá no estaba allí.

Entonces, fui a la habitación de mamá. Martina estaba con ella. Me contaron que habían vuelto a llamar a la policía y que habían preguntado en todos los hospitales, pero que papá no estaba en ningún hospital. O sea que no había tenido un accidente.

—Mamá, ¿crees que va a divorciarse de nosotros? —pregunté.

Mamá no lo creía.

—Nuestro papá no es de esos. ¡Él no tiene muy poco sentido de la familia, sino demasiado! —respondió.

Después, nos fuimos a la escuela, pero yo estaba muy distraído y no me daba cuenta ni en qué clase estábamos. Y en la tercera hora, metí la pata hasta el fondo. Estaba allí sentado, pensando en si papá ya estaría en casa y habría vuelto a la normalidad, cuando Felisberto, mi compañero de pupitre, me dio un codazo.

—Tomi —susurró. Y otra vez—: ¡Tomi!

Lo miré.

—¡Te toca! —me dijo.

Entonces me levanté y fui a la pizarra. No tenía ni la menor idea de qué me habían preguntado.

—¡Tienes que dibujar un corazón! —me sopló Serrano, que se sienta siempre en la primera fila.

Entonces, cogí la tiza y dibujé un corazón enorme, con una punta muy delicada.

Todos se rieron tanto, que casi se caen de sus asientos. Entonces, capté que estábamos en biología y que debía dibujar un corazón humano, con sus aurículas y ventrículos y válvulas y demás, no un corazón de enamorados. Pero ya era demasiado tarde. El profesor de biología me mandó a mi puesto y me gritó que me guardara mi comedia para otro escenario.

Eso me despertó. Y me despertó aun más el hecho de que alguien divisara al viejo Tapias en el corredor. En la quinta hora, efectivamente, entró en el salón. Tenía un aspecto fatal: había adelgazado por lo menos diez kilos y tenía la cara amarilla por la enfermedad del hígado.

El viejo Tapias se sentó al escritorio. Antes se quedaba siempre de pie.

—Bueno, heme aquí de nuevo —dijo.

Tal vez esperaba que nos alegráramos, pero nadie se alegró, pues el profesor joven era muy divertido.

—A ver Serrano, ¡cuénteme qué aprendieron durante mi ausencia! —dijo.

Cuando Tito se disponía a contestar, Sanín exclamó:

—¡Por favor, profesor Tapias, las planas de operaciones y las firmas de González!

¡Podría haberlo matado, al muy miserable! Pero el viejo Tapias lo miró pensativo. Parecía como si tuviera que hacer un esfuerzo para acordarse de qué operaciones y de qué firmas estaba hablando.

Me puse de pie y dije:

—¡Discúlpeme, profesor, pero no sabía que hoy tendríamos clase con usted!

—Bueno, bueno —dijo el viejo Tapias. Se quedó mirándome y añadió—: Esta mañana, el joven colega que me reemplazó durante mi enfermedad me comentó expresamente que no lo consideraba un fracaso sino, por el contrario, un buen matemático. González, pase al frente y cuénteme qué aprendieron.

Tito volvió a sentarse, aliviado. Yo fui a la pizarra y resolví ejercicios hasta que sonó el timbre. Cometí un solo error, pero un error muy pequeño.

Cuantos más ejercicios resolvía, más cansado y amarillo se veía el viejo Tapias, y cuando sonó el timbre, me dijo:

—¡Acompáñeme al gabinete de geografía, por favor!

Entonces lo seguí hasta el gabinete de geografía. El viejo Tapias se la pasa allí durante el recreo o cuando no tiene clase. Nunca se reúne con los otros maestros en la sala de profesores.

El viejo Tapias se plantó junto a un gran globo terráqueo y lo hizo girar.

—¡Ha mejorado usted mucho durante mi ausencia, muchísimo!

Después dijo que él ya estaba viejo y además enfermo. Que treinta y siete alumnos en una clase eran demasiados. Que él también solía ser más divertido cuando era joven, y que era una lástima, pero que no podía darles una atención personalizada a todos sus alumnos.

Ay, querido Tapias, pensé, *¡yo no puedo quejarme de que no me hayas dado una atención personalizada!*

—En fin, González, espero que me entienda. Es decir... el joven colega... es que hoy en día se aprenden nuevos métodos didácticos en la universidad, pero si usted... es decir... seguro que yo también... —dijo, haciendo girar el globo una vez más.

Yo no tengo ni la más remota idea de qué son los métodos didácticos, pero comprendí que el viejo Tapias se sentía mal. Creía que el profesor joven me había enseñado a calcular. Estaba perturbado porque yo antes tenía problemas para dividir y multiplicar.

Entonces, le expliqué que había estudiado como loco con mi hermana, a veces durante horas seguidas.

—¡Ah! ¡Ya comprendo! —murmuró el viejo Tapias. Ya no se veía tan cansado—. Comprendo. ¡Con que con la señorita hermana! ¡Durante horas seguidas! —luego añadió, haciendo girar de nuevo el globo—: ¡Ya ve usted, jovencito! ¡No hay atajo sin trabajo!

No sabía si debía quedarme o si ya podía irme. Estaba a punto de preguntárselo, cuando añadió:

—¿Quiere ser mi asistente de geografía?

Yo no quería ser ningún asistente, pues no tenía ganas de desempolvar el globo y enrollar los mapas, pero no podía rechazar el cargo honorífico.

—Sí, sí, encantando —tuve que responder.

El viejo Tapias me mostró entonces la forma más adecuada de enrollar los mapas, la forma más cuidadosa de limpiar los globos y la forma de guardar los mapas de relieve en las repisas para que no se dañaran.

Mientras tanto, me contó que hasta ahora había tenido un asistente muy pulcro y eficiente pero que, lastimosamente, vivía lejos del colegio y su autobús salía más temprano ahora. Y entonces el asistente eficiente perdía el autobús si seguía quitándoles el polvo a los globos.

El viejo Tapias se quedó mirándome de pronto y preguntó:

—Pero usted, González, usted no va a casa en autobús, ¿o sí?

—¿Yo? ¡No! ¡No-o-o! —balbuceé.

—¿Vive usted muy lejos del colegio? —preguntó el viejo Tapias.

—No —respondí—. Vivo a la vuelta de la esquina, cerca de la iglesia.

—¡Qué casualidad! —exclamó—. ¡Yo también vivo cerca de la iglesia!

Salí del gabinete de geografía como de un sueño, pensando: ¡El viejo Tapias no tenía ni idea de dónde vivo! ¡El viejo Tapias no me había reconocido! ¡Entonces no me tenía una rabia personal, sino una rabia normal de profesor!

Si no hubiera estado tan preocupado por papá, seguramente habría estado muy contento, pero un poco feliz sí que estaba.

Fui a buscar mi maleta en el salón, pero allí ya no había nadie. La conversación con Tapias había durado un buen rato.

Después, bajé corriendo los tres pisos, haciéndoles guiños a los bustos de los clásicos que había en los descansillos. Abajo, en la entrada del colegio, a la que los alumnos destacados le dicen "vestíbulo", me detuve y grité:

—¡*Baaah*!

El conserje del colegio, el encargado de la limpieza, pasaba por ahí.

—¿Estás tan furioso que vas gritando *baaah*? —me preguntó.

—¡Claro que no! —le dije—. ¡El colegio no es tan estúpido como creía!

Entonces me dijo que debía limpiar la mugre de vez en cuando y así vería lo estúpido que era el colegio.

Martina me estaba esperando afuera.
No quería ir sola a casa, pues tenía miedo
de que papá no hubiera regresado todavía. Yo quería contarle lo del viejo Tapias,
pero corrimos tanto que no tuve tiempo.
Normalmente necesitamos por lo menos
doce minutos para llegar a casa. Esa vez
llegamos en siete.

Escribiré parte del capítulo decimocuarto como una obra de teatro

Porque en esta parte los que hablan son los señores Núñez y Yánez, y porque con los dos puntos después de los nombres me ahorro el permanente "dijo", "exclamó", "comentó". Pero empiezo como de costumbre, sin los dos puntos.

De modo que llegamos a casa en siete minutos. Mamá estaba junto a la puerta.

—¡Traerán a papá en cualquier momento! —anunció.

—¿Cómo así que lo traerán? —preguntamos Martina y yo.

Mamá estaba muy desconcertada. Que ella tampoco lo sabía, dijo, mordiéndose la uña del pulgar.

—El señor Yáñez y el señor Núñez lla-
maron y dijeron que lo traerían y que no
debíamos preocuparnos —explicó Nico.

—Y que necesita reposo —dijo mamá—.
Eso también dijeron el señor Núñez y el
señor Yáñez. ¡Nada más!

Un automóvil se detuvo frente al jardín
en ese momento. Núñez y Yáñez se bajaron.
Los dos son colegas de papá, y los conozco
desde hace tiempo. Núñez es un hombre
gracioso y Yáñez es un hombre extraño.
Sacaron a papá del vehículo. Tenía la cara
muy pálida y unos arañazos con sangre.
Núñez y Yáñez sostuvieron a papá entre
los dos, con los brazos de papá sobre sus
hombros. Así lo llevaron hasta el sofá de la
sala. Mamá les ayudaba a ratos por delante
y a ratos por detrás.

Papá se desplomó en el sofá. Con mucho
cuidado, mamá le quitó el abrigo, el suéter y los zapatos. Luego lo cubrió con una
cobija de lana.

—¿Quieres algo de beber? —le preguntó—. ¿O una venda para la cabeza?

Papá no podía responder si quería algo
de beber o una venda, porque se había
quedado dormido. Roncaba y de vez en
cuando suspiraba.

Mamá les pidió a Núñez y a Yáñez que se sentaran. Mamá, el abuelo, Núñez y Yáñez se sentaron a la mesa. Martina y yo nos sentamos en la alfombra. Nico se acurrucó en el sofá, junto a los pies durmientes de papá, y se quedó allí como el perro del señor Amaya cuando este se echa a tomar el sol en el jardín.

También se parecía un poquito al ángel de la guarda del calendario de UNICEF, que brilla sobre las camas de los niños.

Creo que a todos nos alegraba que Nico cuidara a papá con tanto empeño. Así no se puso a parlotear, pues en ese caso habría podido contarles a Núñez y a Yáñez una cantidad de cosas que era mejor que permanecieran en familia.

Mamá les preguntó a Núñez y a Yáñez qué era lo que había pasado y les trajo un whisky. Yáñez dijo que no podía beber porque debía regresar conduciendo. Entonces, mamá le trajo una Coca-Cola. Pero, al final, Yáñez sí se bebió el whisky y dejó la Coca-Cola.

Ahora transcribiré lo que nos contaron Núñez y Yáñez. Dejo por fuera los gemidos ocasionales de papá, que eran como un ruido de fondo y hacían que Nico le acomodara la cobija. Tampoco cuento que Núñez y Yáñez vaciaron nuestra caja de galletas durante su narración y también omito los suspiros ocasionales de mamá con sus "aydiosaydiosaydios".

Informe de los colegas Núñez y Yáñez

(Por cierto, el señor Núñez es bajo y flaco; el señor Yáñez es alto y también flaco).

Yáñez: Pues bien, respetada señora González, el asunto es un poco difícil de explicar. Esta mañana, a las nueve, estaba revisando el expediente de daños y perjuicios...

Núñez: Estimado colega, creo que deberíamos empezar por la noche anterior.

Yáñez: Sí, tiene usted razón. Si usted quisiera... es decir... usted suele ser más preciso...

Núñez: Ayer, a la hora de salida, el colega González estaba muy animado.

Yáñez: En efecto, en efecto, respetada señora, yo puedo confirmarlo. El colega González me contó incluso un chiste en el corredor. ¡Y un chiste muy bueno, por cierto!

Núñez: Comentó que estaba por irse a casa. Pero no puede haber sido así, ya que media hora después estaba de nuevo en su despacho.

Yáñez: Pero eso no lo supimos ayer, evidentemente. Eso nos lo contó esta mañana el señor Bernal, nuestro portero. En todo caso, esta mañana, cuando fui al despacho del colega González para consultarle un delicado asunto de daños y perjuicios, no estaba allí. La señora que trabaja en el despacho de enfrente, una tal Chinchilla, me dijo que el colega González no había llegado todavía. Yo necesitaba con urgencia un documento que suponía que estaría en el escritorio del colega González, pero tampoco estaba allí.

Núñez: ¡Colega Yáñez, por favor! Eso no le interesa a la señora González. El caso es que el colega Yáñez advirtió que en el despacho estaban tanto el sombrero como el abrigo de su señor marido.

Yáñez: Eso nos resultó extraño a mí y a la señora Chinchilla. Y mientras nos preguntábamos qué sucedería, sonó el teléfono. Era Bernal, el portero. Necesitaba que el señor González le devolviera la llave del sótano, pues se la había prestado ayer por la tarde. La señora Chinchilla y yo quedamos desconcertados.

Núñez: Chinchilla y Yáñez vinieron a mi despacho y me contaron lo que pasaba. Entonces, fuimos a preguntarle a Bernal. Resultó que el colega González había regresado a la oficina después del cierre, cuando todos los demás ya se habían ido. Primero, fue a su despacho, según nos contó Bernal. Luego, fue a pedirle la llave del sótano.

Yáñez: Bernal nos dijo que el colega González parecía muy alterado e irritado, casi como si estuviera enfermo. Y al parecer, murmuraba algo como...

Núñez: "¡Tengo que cerciorarme!".

Yáñez: Bernal dice que le preguntó de qué necesitaba cerciorarse, y el colega González le lanzó una mirada muy extraña...

Núñez: ...y dijo: "¡Señor Bernal! ¡Creo que estoy sobre la pista de un timo terrible!".

Yáñez: Después, el colega González bajó al sótano y el señor Bernal se fue a regar las plantas, pues es un amante de las plantas. Cuando volvió de regar las plantas, Bernal pensó que el señor González se había ido a casa y se había llevado la llave del sótano por equivocación, y no volvió a pensar en eso. Yo, sin embargo, le dije a Bernal que conozco perfectamente la conducta irreprochable del colega González. Y es imposible, le dije, que el colega González se lleve ninguna llave por equivocación y que olvide su abrigo y que no venga a la oficina al día siguiente.

Núñez: En ese momento, la señora Chinchilla soltó un grito y dijo que a lo mejor le había dado un soponcio en el sótano. Entonces, salimos disparados hacia allá, Yáñez, Bernal, Chinchilla y este humilde servidor. La puerta estaba abierta de par en par...

Yáñez: Y, si se me permite decirlo, se nos ofreció la imagen del terror y la desolación. Era realmente tenebrosa, diría yo.

Núñez: Las enormes pilas de expedientes se habían desplomado. Todos los expedientes de las repisas estaban desperdigados por el suelo. ¡Había papeles hechos trizas y trozos de expedientes por todas partes!

Yáñez: Además se oían unos crujidos y unos chasquidos muy inquietantes.

Núñez: El papel crujía, pero eso no era inquietante.

Yáñez: Respetado colega, yo llevo cuarenta años viviendo entre expedientes y conozco muy bien el crujido normal del papel. ¡Y los crujidos del sótano, no eran normales! Abajo en el sótano, se oía un ruidito, un ruidito muy particular.

Núñez: Habrá oído usted a una rata, pues parece que en el sótano hay ratas. ¡La mayoría de los expedientes estaban todos mordisqueados!

Yáñez: Bueno, el caso es que me paseé por entre los papeles, lo cual era muy difícil. De las montañas de expedientes roídos nevaban trocitos de papel y yo gritaba: "¡Colega González! ¡Colega González! ¿Está usted por aquí?". Entonces, oí unos gemidos ¡y un escalofrío me recorrió la espalda! ¡Un escalofrío helado!

Núñez: Y entonces lo encontró y nos gritó que lo había encontrado.

Yáñez: ¡En efecto! ¡Lo había encontrado! Bueno, en realidad encontré solo los pies, que asomaban por debajo de un cerro de expedientes. "¿Es usted, señor González?", pregunté. Y del cerro de expedientes salió un gemido sonoro.

Núñez: Entonces, desenterramos al colega González, que estaba plenamente consciente, pero muy desorientado. Por razones inexplicables, tenía la boca llena de trocitos de papel, así que se los quitamos de la boca.

Yáñez: Y entonces el colega empezó a murmurar cosas muy extrañas, muy pero muy extrañas. Debe de haber delirado, pues murmuraba: "Es cierto que no tienen ningún emperador. Están todos locos. ¡Es cierto que no tienen ningún emperador!".

Núñez: Murmuraba eso todo el tiempo y suspiraba: "¡Es un timo! ¡Un timo!".

Yáñez: Cuando desenterramos al colega González, sucedió otra cosa espeluznante. De repente, la señora Chinchilla soltó un chillido como de, de... bueno, ¡agudísimo!

Núñez: La había mordido algo. Inexplicable, pero así fue. La señora Chinchilla sacó la pierna del montón de expedientes y, en efecto, estaba sangrando. Entonces, salió del sótano gritando y abriéndose paso entre los papeles.

Yáñez: Usted sabe lo difícil que es caminar cuando el suelo está cubierto de papeles. En fin. Sacamos del sótano al colega González, que seguía diciendo cosas incomprensibles.

Núñez: Gritaba: "¡Rápido, rápido, antes de que regresen! ¡Rápido, colegas, que vuelven las bestias, vuelven las bestias!".

Yáñez: Cuando ya estuvimos fuera del sótano, suspiró: "Colegas, han llegado ustedes en el último minuto", y en ese momento se desmayó.

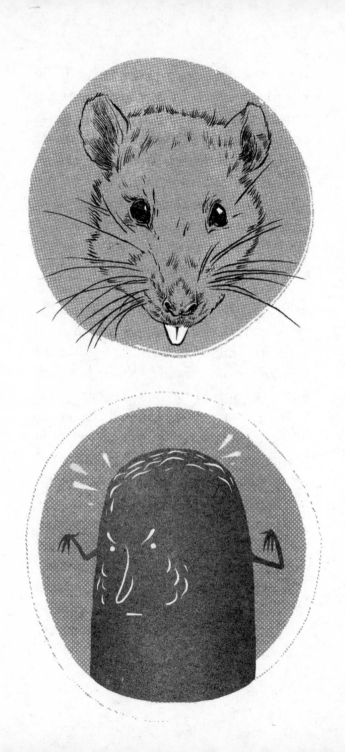

Ese fue el informe de los señores Núñez y Yáñez. Cada uno se bebió otro whisky y se terminaron las galletas mientras nos daban su explicación de la historia: papá debía de estar sobre la pista de alguna estafa a la compañía. Una vieja estafa. Por eso, había regresado a la oficina. Probablemente pensaba que encontraría algo entre el archivo del sótano, pero debió sentirse mal y desmayarse. Y entonces habían llegado las ratas, por desgracia, y cuando papá había vuelto en sí, había sufrido una conmoción, pues las ratas son unos bichos realmente espantosos.

Lo único lamentable, según el señor Yáñez, era que los colegas tan ambiciosos como González no confiasen en los demás al investigar un caso, pues así lo habrían encontrado mucho antes.

Mamá respondió enseguida que sí, que claro, que era realmente lamentable. Y todos nos apresuramos a coincidir con Núñez y Yáñez en que las ratas eran unos bichos espantosos y en que no podía haber sido nada distinto de las ratas.

Núñez dijo que el caso sería una lección para la aseguradora. Ese mismo día, fumigarían con DDT o algún polvo parecido. Y Yáñez añadió que el director de la aseguradora le mandaba decir a papá que descansara y que se mejorara pronto, pues la compañía necesitaba empleados tan eficientes y emprendedores como él.

Los señores Núñez y Yáñez se fueron finalmente, y entonces pude beberme la Coca-Cola del señor Yáñez.

El último capítulo, el decimoquinto

Me alegra que la historia se haya acabado,
pues mañana me quitarán el yeso y entonces
no habría tenido tiempo de escribir de todos
modos. En este último capítulo, cuento cómo
Nico nos ayudó a salir del atolladero.

Después de que Núñez y Yáñez se fueron, mamá se quedó observando a papá. Ahora gemía mucho menos, pero mamá seguía preocupada. Entonces llamó al doctor Buendía. Este vino enseguida, pues vive a dos casas de la nuestra. El doctor Buendía le tomó el pulso y la tensión y la temperatura a papá, que se despertó brevemente, miró con ojos cansados a su alrededor y murmuró:

—¡En casa, gracias a Dios!

Y volvió a dormirse de inmediato.

El doctor Buendía consideró normales el pulso y la tensión y la temperatura de papá, pero luego le examinó los ojos con la linterna. Claro que primero le alzó los párpados, pues papá tenía los ojos cerrados. Y los reflejos no sé cuántos le dijeron al doctor Buendía que papá había sufrido una conmoción cerebral. No había sido leve pero tampoco severa, sino mediana, así que le recetó reposo. Y dijo que una venda para la cabeza no le haría ningún daño. Pero seguro lo dijo por mamá, pues él sabe que a mamá le encanta poner vendas.

—Señora González, es probable que su marido no pueda recordar el accidente. Eso sucede a veces con las conmociones cerebrales. Incluso es posible que tenga lagunas en la memoria mucho más grandes —dijo mientras se preparaba para irse.

—¡Eso sería realmente maravilloso! —exclamó mamá.

—¿Maravilloso por qué? —preguntó el doctor Buendía, muy sorprendido.

Entonces mamá tartamudeó que no quería decir eso, sino algo muy distinto. Y el abuelo tosió detrás de su pañuelo para ocultar la risa.

—Por favor, hágale la menor cantidad de preguntas a su marido cuando se despierte. Oscurezca la habitación. Sea dulce y cariñosa. ¡Él necesita cuidado! —dijo el doctor Buendía antes de irse.

Luego, el abuelo anunció que debíamos tener una discusión familiar, y nos fuimos a la cocina para no molestar a papá y para que no nos molestara nadie. Todos sabíamos perfectamente lo que teníamos que discutir, pero ninguno quería comenzar.

—¡Muy bien! ¡Su papá ha vuelto a casa! —dijo finalmente el abuelo—. Lo ha superado. Pronto volverá a estar bien, pero antes de que se mejore, tenemos que encargarnos del molesto resto del asunto.

—¿Cuál es el molesto resto del que tenemos que encargarnos? —preguntó Nico, que al parecer no entendía de qué estábamos hablando.

—El pepinucho —dijo mamá.

—¡El pepinucho tiene que irse! —gritó Martina, y el abuelo y yo asentimos con la cabeza, pero lo que no sabíamos era cómo deshacernos de él. Mamá dijo que el rey Kumi-Ori tenía que irse a como diera lugar, pero añadió que ella no era capaz de hacerle daño ni a una mosca y tampoco a la calabaza pepinesca. Y que tampoco quería que ninguno de nosotros fuera a lastimarlo, que teníamos que ser tolerantes y benévolos.

El abuelo dijo que con el pepinucho no íbamos a llegar muy lejos a punta de tolerancia y benevolencia, pero tampoco ofreció una propuesta útil. Entonces, dejamos la discusión para el día siguiente. Como solución temporal, decidimos que papá pasaría esa noche en la sala y encerramos al pepinucho en la habitación de papá. No queríamos que papá volviera a encontrarse con el pepinucho.

Luego, Martina se puso su vestido más bonito y se encrespó el flequillo con el rizador, porque así le gustaba a Rodri Sierra. Y se fue al cine con él. Mamá dijo que no estaba segura de si papá estaría de acuerdo con que Martina fuera a la última función.

—En primer lugar, mañana no tengo que ir al colegio —dijo Martina—, así que no me acostaría temprano de todos modos. Segundo, mis nervios necesitan un descanso. Y tercero, ¡Roooodriii no tiene el pelo largo!

Al oír cómo decía Roooodriii, supe que era el sucesor de Álex Burgos.

El abuelo salió al tiempo con Martina. Quería ir al café a leer los periódicos extranjeros de la última semana. Mamá dijo que el día había sido demasiado agotador para sus nervios, se tomó un somnífero y se fue a la cama, pero antes arropó a papá con una segunda cobija.

Yo me quedé con Nico en la cocina. En realidad, habría preferido irme a mi habitación a terminar de leer la novela policíaca que había empezado hacía cuatro semanas, pero Nico se veía tan triste y acongojado que no quería dejarlo solo. Quería bromear un rato con él, pero él no quería bromas. Miraba fijamente hacia el frente, y de repente exclamó:

—¡Oye, Tomi, tengo que salir!

—¿Se te zafó un tornillo, o qué? —le dije—. Un enano como tú no puede salir a estas horas de la noche.

—¡Pero tengo que salir! —insistió Nico.

—¡No tienes que hacer nada, cabeza hueca! —le dije.

Nico me miró lleno de ira. Entonces, me di cuenta de lo malo y desagradable que soy con él. *Como un adulto*, pensé. Y me di cuenta de lo fácil que es ser malo con alguien.

—Perdóname, Nico —le dije—. No eres ningún cabeza hueca. ¿En serio tienes que salir?

Nico asintió con la cabeza.

—¿Puedo acompañarte?

Él negó con la cabeza.

—¿Tardarás mucho?

—Solo un cuarto de hora.

—¿Palabra de honor?

—¡Palabra de honor! —contestó y salió de la cocina.

A través de la puerta de la cocina, vi que iba al trastero y salía de allí con el morralito para niños. Después abrió el anaquel que está debajo del fregadero y llenó de papas nacidas el morralito. No me miró, y yo también hice como si no lo hubiera visto. Luego salió de la cocina con el morralito al hombro y cerró la puerta de la cocina tras de sí. Yo me quedé sentado, esperando. No se oía nada. Después de más o menos un minuto, oí que algo chirriaba en la entrada de la casa. Eran las ruedas del cochecito de muñecas. Y entonces oí la voz quejumbrosa del pepinucho:

—¡A nos eso no le gusta! ¡Nos quiere quedar aquís!

Y la voz de Nico:

—¡Pues, lamentablemente, eso es imposible!

Miré por la ventana de la cocina. Afuera estaba oscuro. Solo la ventana de la cocina proyectaba una enorme mancha de luz sobre el caminito de piedras, hacia el jardín. Y Nico se alejó por entre la mancha luminosa, empujando el cochecito. Allí iba el rey Kumi-Ori, con la corona en la cabeza y el morralito en la espalda.

Entonces, desaparecieron más allá de la mancha luminosa. Yo me quedé sentado junto a la ventana, esperando y mirando el reloj. Después de quince minutos exactos, Nico volvió a aparecer bajo la mancha de luz, con el cochecito de muñecas, pero ahora estaba vacío.

Cerré la puerta de la casa detrás de Nico, y aunque me había propuesto no preguntarle nada, no pude evitarlo:

—¿Dónde lo dejaste?

—No quería bajarse —susurró Nico—. No se daba cuenta de que ya no podía quedarse con nosotros. Se puso furioso y empezó a renegar. Entonces, lo dejé frente a la ventana de un sótano donde olía a moho. Allí seguro encontrará un hogar. ¡Y me vine corriendo!

Contemplé a Nico con admiración, y vi que tenía un arañazo en el cachete.

—Me arañó al sacarlo del cochecito —me explicó.

Estuve a punto de decirle "sana que sana", pero entonces pensé que ya estaba demasiado grande para eso, y solamente le dije:

—¡Ven! ¡Vámonos a dormir!

Epílogo

Por si alguien está interesado: papá ya está bien. Solo le duele la cabeza de vez en cuando. En este momento, está sentado en la sala, peleando con el abuelo acerca de cuál de los dos está suscrito al mejor periódico. Ya ha vuelto al trabajo, y el director de la aseguradora lo felicitó efusivamente porque gracias a su accidente descubrieron la plaga de ratas. Así pudieron salvar, a última hora, los expedientes más importantes.

No se sabe con certeza si papá sufrió realmente una conmoción cerebral. Yo no lo creo, y estoy seguro de que papá puede acordarse de todo. Solo se hace el que no sabe nada porque le da vergüenza. Pero yo estuve observándolo. El mismo día en que pudo levantarse, buscó por toda su habitación, abrió todos los muebles, sacó todos los cajones y buscó por debajo de la cama, murmurando: "¿Dónde está el estafador? ¿Dónde está el infeliz? ¡Ya te atraparé, desgraciado!".

Sentí lástima por él y dije, pero no a papá directamente, sino así no más, por la ventana: "¡Nico se deshizo del pepinucho! ¡De una buena vez por todas!".

Papá no contestó nada, pero suspiró profundamente y volvió a acostarse. Y entonces se quedó dormido.